エリュアールの自動記述

エリュアールの自動記述

福田拓也

水声社

エリュアールの自動記述＊目次

凡例

一、引用文献の翻訳は、特に明記したもの以外、引用者によるものである。

一、引用原文の傍線は、引用者による。

一、引用訳文中の〔 〕は、引用者による補足を指示する。

一、引用訳文において、原文がイタリックの部分は傍点を付して示し、原文で大文字の部分はゴシックで表記し、固有名詞以外で冒頭のみ大文字となっている部分は〈 〉を付して指示した。

一、略号については、プレイヤード版『エリュアール全集』第一巻（*Œuvres complètes* **I**）は、**I**で、全集第二巻は**II**で、「シュルレアリスム革命」誌（*La Révolution surréaliste*）は**R.S.**で示した。

序論

本書は、フランス二十世紀のシュルレアリスム詩人、ポール・エリュアール（一八九五―一九五二年）によって、アンドレ・ブルトンの『シュルレアリスム宣言』（一九二四年）からエリュアールの詩集『苦悩の首都』刊行（一九二六年）に至るまでのシュルレアリスム運動初期になされた自動記述の実践の孕む諸問題について書かれたものである。

エリュアールによる自動記述の実践について考える前に、シュルレアリスム運動初期に位置付けられるエリュアール的自動記述の実践をエリュアールの詩作品の生成と展開のうちにどのように位置付けねばならないかを考えなくてはならない。そのためには、一九一〇年代から三〇年代あるいはそれ以後に至るまで絶えざる生成状態、展開状態にあるエリュアールの詩作品の基本構造をどのように捉えるべきかをはっきりさせ、その上で、エリュアールによる自動記述の実践を彼の詩作品の生成過程のうちに位置付ける必要がある。

＊

二〇世紀フランスの批評家ガブリエル・ブヌールは、一九二八年にエリュアールの詩について次のように書いた。

今日エリュアールの詩は、古い観念の対を愚弄する解釈体系を呼び求めている。(1)

そして、ブヌールは、「〔……〕この体系はまったく見出されていない〔……〕」と付け加えている。ブヌールの言う通り、エリュアールの詩が「古い観念の対を愚弄する解釈体系を呼び求めている」ものであるなら、それは、エリュアールの詩自身が「古い観念の対を愚弄する」ようなものであるからではないだろうか。したがって、エリュアールの詩について考える場合、彼の詩を一つの現前の詩として二元論的対立の枠内で考えるのではなく、光や闇、現前や不在などの二項によってのみ説明されることを拒みつつ、二元論的対立を脱臼させ失効させることを目論むというエリュアールの詩的エクリチュールのこの一側面に何よりもまず敏感であるべきであろう。

　そこで、本書では、エリュアールの詩を二つの傾向の共存として定義付けることから始めたいと思う。一方で、エリュアールの詩は、とりわけダダ時代以後、自然的な言葉《パロール》あるいは起源的純粋さの飽くことのない追求といった相貌を呈する。他方で、言葉《パロール》と起源の探求は、多くの場合、対立物が溶解状態のうちに完全に解消されることなく浸透し合うという事態をもたらす一つの非対立的あるいは逆説的論理へと導く。逆説は、唯一的な出来事であり起源的な言葉《パロール》であることを主張するエリュアールの詩的エクリチュールが、そのようなものとして自身を肯定するために、不可避的にある種の二重化を被るということにある。エリュアールの詩を特徴付ける二重化あるいは「裏地」は、三つの次元において確認される。まず、そのたびそのたびに唯一的なものである詩的言表は、同時に、言語的諸単位の反復として現われる。語たちの反復であるのみならず、ほとんど語彙化されていると言ってもよい決まり文句や諺のような諸形態の反復だ。次に、ダダ時代であれば「自発的な」力の、あるいはシュルレアリスム初期であれば明らかに無意識の隠蔽された力と結び付いた「精神」の権能の純粋な出現であることを欲する、一言で言えば一つの起源的純粋さを具現するものであることを欲するエリュアールのテクストは、しばしば他のテクストへの差し向けを構成している。かくして、詩的テクストは、単に現前しているというどころか、二重化され、同時に最初のものであり二次的であるようなものとして現われる。最後に、エリュアールの詩的エクリチュールは自身の産出を表象するために自身に立ち帰る。このような自身への回帰、自己表象は、詩的エクリチュールの自己現前を意味するのではない。それは反対に、詩的エクリチュールが同時に唯一的なものであり二重化されたものであるという事態を生じさせる詩的エクリチュールの二重化の過程を示している。

一九三一年に書かれたエッセーにおいて、ガブリエル・ブヌールは、「詩になる〈愛〉」ということに言及しつつ、エリュアールの詩に固有のこの「二重化」について見事に語っている。

〈詩〉になる〈愛〉は、自身を思考することを始めた、自身の責苦と引き替えに分割と知識の精神に自身を結びつけることを始めた一つの〈愛〉である。それは、全く同時に統一し分離する一つの愛である。それは、闇のさまよいのうちに統一への欲望として燃えながらも、自身の真実である限りにおいて、それは自身についての嘘なのである。〔……〕

エリュアールの詩は、愛の外でしか決して自身を把握することができず、住まうことがないあの愛の考えることもできないような肉体的苦痛を描いているのである。(2)

エリュアールが諺や決まり文句、先行する言表などの書き換えによる詩作に本格的に乗り出した一九一八年の『平和のための詩』から一九二六年の『苦悩の首都』あるいは『人生の下部あるいは人間ピラミッド』あたりまでのエリュアール詩作品の生成過程とは、すなわち、前述の二つの傾向、あるいは対立的論理と非対立的論理という二つの論理の共存の諸様態の変貌を意味すると言ってよい。

自動記述によるとされるシュルレアリスム的テクスト群を収録した『苦悩の首都』「新詩篇」に至るまでのエリュアール詩の生成過程をここで一瞥してみよう。

一九一八年から一九二一年にかけて、エリュアールはジャン・ポーランの影響下に自身の諺的言語を練り上げ、次いでダダの冒険に身を投じる。

エリュアールの諺的言語はまず、慣用句や諺そして先行する言表などを変形し書き換えるテクスト的作業として現われる。「ここに生きるために」(一九一八年)という詩の執筆や『平和のための詩』(一九一八年)の『創世記』の最初の数頁を参照した書き換えは、このような実践によるものだ。この書き換えの実践は、集団的なものと個人的なもの、普遍的なものと個別的なものとの間の対立を自身の産出を決定付ける一つの原理として隠喩的次元において表象することをその特徴としている。「ここに生きるために」のような詩は、このような二項対立を書き換えの実践によって乗り越える試みを恐らくは体現している。

このようなエリュアール的書き換えの実践の性格を決定付けたのは、恐らくジャン・ポーランの言語についての、とりわけマダガスカル島の詩についての省察であろう。一、エリュアールが諺の引用と書き換えからなるメリナ族の詩に倣って自身の書き換えを実践したことは確かであろう。二、ポーランはメリナ族の諺詩の引用的性格を強調し、そこにあっては個別的なもの、個人的なものが普遍的なもの、集団的なものに依存していることを指摘したが、この見解のエリュアールの当時の詩作への影響は無視できない。三、慣用句の文字通りの意味と比喩的意味との間の闘争的関係についてのポーランの考察は、エリュアールの詩の原理として機能することになる逆説的論理の形成に大きな役割を演じたように思われる。四、対話者間の了解の欠如の指標としての隠喩というポーラン的概念が、エリュアールが自身の詩を外的世界との断絶に苦しむものと見做すことに大きく貢献したことも忘れてはならない。ポーランの思考の重要な要素をなす以上の諸点は、エリュアールの詩論的テクスト「地下的なる者ジャン・ポーラン」（一九二〇年）において言及されている。

　諺的言語はまた、『動物たちとその人間たち、人間たちとその動物たち』（一九二〇年）におけるように、主体間のよりよい交換を目指すものであると同時に、文の簡潔さ、形態的パラレリスム、シンメトリーといった諺固有の形態的諸特徴を帯びることによって、諺的言表との同一化を試みる詩的言語として現われる。この詩集においてはまた、動物たちの領域に「入り込む」ことを目指すキアスム的な詩がシンメトリックな諺的詩に対置されているが、このキアスム的詩は来たるべきダダ期の詩を予見するものであろう。

『人生の必要事と夢の諸結果』（一九二一年）において展開され、「言うべき何もの」をもたずに話すことに存するダダ期の詩的試みは、諺的言語に対する反発としてとりあえずは理解されよう。ダダ期の詩的実践はまず、「自発性」あるいは純粋な主観性の肯定、話すことの純粋な快楽の、「冗談を言う」ことの肯定として現われる。「冗談」の諸形態として、メタ言語的注釈、矛盾する推論、対話的形態の使用、記号表現《シニフィアン》の戯れなどが挙げられる。言語の現勢化すら否定せんとする話す快楽のこの純粋な肯定は、諺的詩産出の場であり父との同一化の場である「家」からの逃走及び通りにおける移動という形のもとに隠喩化される。しかしこの逃走、移動の試みは、少なくとも二元論的論理の観点からすれば、結局のところ失敗に終わるべく運命付けられている。二点目として、「冗談」に対立するダダ期の詩の側面として、引用と書き換えの実践及びその隠喩的形象としての父との同一化、父子関係の肯定が挙げられる。ダダ期のエリュアール詩の三点目の特性として、起源的光あるいは透明さの再現を指摘することができる。このように、エリュアールのダダ的エクリチュールは、諺的言語を否定すべく、「冗談」、通りにおける逃走的移動、前言語的な光あるいは透明さを肯定するのだが、言語の使用、父との同一化によって必然的に失敗に運命付けられているこの試みは、「冗談」／引用、移動／同一化（あるいは通り／家）、起源の純粋な現前／起源の純粋さの言語による表象といった諸対立の両項を相互浸透させる逆説的論理へと導くものなのである。こうして、先行する言表への参照そして言語の現勢化すら否定せんとする話す快楽の純粋な肯定としての詩的言語は、結局は諺的詩を多かれ少なかれ暗黙裡に決定付けていた逆説的論理を強調することになる。

一九二二年からエリュアールによる自動記述の実践が問題になる詩集『苦悩の首都』の刊行される一九二六年にかけての期間を特徴付けるのは、まずダダ的なものとして提出され、次いで夢の啓示に自身を同一化し、最後に自動記述と夢の記述に特徴付けられるシュルレアリスム的詩として定義付けられるエリュアールの詩作品の変貌である。作品のこの生成過程を通して、少なくとも一九二六年までのエリュアール詩の本質を構成する二つの主要特徴が確認される。一つは言語によって起源的純粋さに到達しようという試みで、この試みは二元論的論理によって支配され、言語の使用というまさにそのことによって失敗へと運命付けられている。他方、対立物間に交換を打ち立てる機能をもち、大抵の場合は起源的純粋さの探求によってそこへの接近が可能となる非対立的あるいは逆説的論理が確認される。エリュアールの詩作品の生成を研究するとはしたがって、二つの論理の時に対立的ではあるものの大抵は共犯的な共存の諸様態の変貌を跡付けることに帰する。

『繰り返し』(一九二二年)においては、走ることと眠ることという二つの行為の接近、夢によって可能となる視覚への傾向、女性と風景の同一化といった諸特性を通して、眠り、視線、女性といった諸テーマの重要性がエリュアールの詩作品において初めて強調されている。この詩集は、ダダの詩から夢のエクリチュールへの過渡期に対応する作品と見做され得る。『死なぬことで死ぬ』（一九二四年）では、催眠術による眠りの実験に熱中していたブルトンたちのグループの全体的傾向との関わりもあろうが、眠りと夢が一層重要な要素となってくる。この作品で問題になっている夢は、詩的エクリチュールの自己表象の一様態と定義付けられる。この詩集はまた二つのはっきりした対立に関わる。対立的論理は夢の力によって、光、女性、天空といった起源的要素を再現する試みを導くが、ダダ期の詩においてとは異なり、別の論理への到達を可能にするということはない。逆説的論理に関しては、ロートレアモンの手紙と作品にその最良の表現が見出され、それはまた永遠に瀕死状態にある女性という形で隠喩化される。

一九二六年に刊行された二つの詩集は、この時期までのエリュアールの詩的活動の二重の総括をなすものであり、エリュアールの詩作品の生成の最後の局面に対応する。『苦悩の首都』においては、自由と解放の要求、起源的透明さを実現せんとする強力な視線、そして女性の十全な現前のうちに消滅せんとする欲望等、明らかに対立的論理によって支配されている諸特徴は、自由／隷属、可視性／不可視性、現前／不在等の対立物を相互浸透させる逆説的論理に導く。この逆説的論理こそが、言語としての自身を否定するために言語に頼るしかない自動記述的実践を決定付けるものである。産出されつつある自身を表象しようとする自動記述の隠喩的諸形態として、行程、線形的で多数的な諸形態、笑い、黎明、顔の継起などが挙げられる。

自動記述はまた、対立物間の交換の戯れを記号表現《シニフィアン》から記号表現《シニフィアン》へ、記号から記号へ、あるいはテクストからテクストへの差し向けという形態のもとに維持することに専心する。

対立的論理から非対立的論理への移行は、夢の記述を集めた詩集『人生の下部あるいは人間ピラミッド』にも確認される。ここにおいて、夢のエクリチュールは、自身が非言語的なものであることを肯定するために言語に訴えるのみならず、先行する諸テクストを参照することを強いられる。夢の記述のこの間テクスト的性格は、詩集全体がいわば間テクスト的差し向けの網の目を構成するという事実によって強調される。二つの論理の併存とともに、この詩集にはエリュアールが自動記述や夢の記述と対立させつつ「詩」(poème)と呼ぶ他の種類の詩への傾向が確認される。「詩」の産出を規定する原理は、女性の単なる現前といった形のもとに隠喩化される。「詩」へのこの傾向は、エリュアールの詩がダダ期以来専心して来た自己否定の試みの放棄を先取りするものである。

起源の純粋さのうちにエクリチュールとして解体する危険を敢えて冒しつつ、起源の純粋さを取り戻そうとする試み——この試みは二元論的論理によって導かれているのだが——こそが逆説的論理への接近を可能とするのだが、この逆説的論理をエリュアールの詩的エクリチュールの産出を可能とする原理であると見做すことは可能であろう。かくして、一九一八年から一九二六年にかけてのエリュアールの詩を二重に定義付けることが可能となる。一方でそれは、二つの論理の時に対立的でありながらも大抵は共犯的な併存を意味し、他方でそれは、それが表象しようと目論む逆説的論理を、あるいは逆にそれが逆説的論理を自身の産出の原理として表象する際の隠喩的自己回帰を意味する。

*

シュルレアリスム運動初期のエリュアールによる自動記述の実践をエリュアールの詩作品の生成過程の中に位置付けることはできたと思うので、いよいよエリュアールの自動記述について考えて行くことにしよう。

一九二六年九月に刊行された詩集『苦悩の首都』は、ダダ時代あるいはそれ以前からのエリュアールの詩的活動の集大成を形作っている。『苦悩の首都』には、一九一四年に書かれたいくつかの詩を含む『繰り返し』（一九二二年）と『死なぬことで死ぬ』（一九二四年）という二つの詩集がまるごと再録されており、『沈黙がないので』（一九二五年）から四つの詩が、『人生の必要事と夢の諸結果』（一九二一年）から五つの詩が再録されている。これらの既に刊行されたテクスト群に新たに加わるのは、『死なぬことで死ぬ』の最後の六篇の詩とともに「小さな正義たち」と題された部分を形作ることになる五篇のテクストと、一九二四年一〇月以降に書かれ、

『沈黙がないので』や『人生の必要事と夢の諸結果』から再録された詩群とともに「新詩篇」と題された部分を形作るテクスト群である。

本書では、一九二六年までのエリュアールの詩業の集大成である『苦悩の首都』という詩集全体をではなく、シュルレアリスム時代初期に書かれたテクスト群を中心として構成された「新詩篇」を考察の対象としつつ、エリュアール的自動記述の問題を考えて行きたい。

「新詩篇」を特徴付けるいくつかの問題点を挙げてみよう。

まず、シュルレアリスム初期になってエリュアールの詩業に初めて導入された要素として、エリュアールの詩が時に起源の純粋さの未来時への回帰を予言することに腐心する一つの解放的言説の様相をもつことを指摘したい。次に、夢の可視性と関わる限りにおいて『繰り返し』以来強調されて来た視線という主題が、「新詩篇」の大きな特徴の一つとして挙げられる。さらに、やはり『繰り返し』以来エリュアールの詩の孕む主要テーマであった欲望あるいは女性的なるものとの関わりの問題が指摘できる。最後に、恐らく解放的言説の問題より重要であると考えられる新たな要素として、自動記述の使用を挙げることができる。解放的言説、視線、欲望あるいは女性的なるものとの関わりといった「新詩篇」を特徴付ける諸テーマは、すべて自動記述の使用という中心的テーマの周囲を巡るものと考えることができるのである。

本書で論じられるのは、『苦悩の首都』の主要部分を構成する「新詩篇」に現われるエリュアール的自動記述の問題である。
エリュアール的自動記述について考察するために、解放的言説、視線、欲望といった諸問題と「新詩篇」の中心的主題である自動記述の使用というテーマの関わりについてもう少し詳しく考えてみよう。

まず「新詩篇」には、既に述べたように、未来における起源的純粋さの復興によって、あるいはむしろ詩によるこのような復興の具現によって一つの自己現前を実現することを狙う思考あるいは精神の解放的運動といったものを認めることができる。思考の解放的運動と相関関係にあるものとして、全能で破壊的な視線が「新詩篇」中に現われる。しかし他方で、このような思考の解放的プロセスと視線の浄化的操作の二重の性格を見逃すわけには行かない。これら二つの機能を支配するのは、自由と隷属、明晰と盲目などの対立項の緊張的同一化を行なうような一つの逆説的論理なのである。現前と不在、生と死、光と闇などの対立する二項間の交換であり逆説的戯れであるに他ならない欲望の原理が確認されるのは、とりわけ女性的なるものにおいてであり、女性との恋愛的関係においてである。自動記述は、シュルレアリスム初期におけるエリュアールの詩を特徴付ける二重性の強調される一つの特権的場を構成している。一方で、自由と純粋さの飽くことのない探求を体現しつつも、自動記述は他方で、いかなる最終的記号内容《シニフィエ》のうちにも定着されない欲望と言語の戯れを、記号から記号への、記号表現《シニフィアン》から記号表現《シニフィアン》への無限の差し向けとして考えられるこの戯れをテクスト的舞台の上で表象しているのである。

エリュアール的自動記述の諸様態を研究するにあたって、読解の対象となるのは主に、「シュルレアリスム革命」誌に掲載された際に「シュルレアリスム的テクスト」と形容された次のテクストである。「一本の剣の赤い脅威のもとで、……」、「彼がきみにくれなかったダイヤモンド、……」、「冬は平原の上に……」、「偉大なる女陰謀者たちよ、……」、「絶対的必要性、……」、「人間の像《イマージュ》は、……」がそれである。それに加えて、「シュルレアリスム革命」誌への掲載を経なかったため「シュルレアリスム的テクスト」に分類されてはいないが、明らかに「シュルレアリスム的テクスト」であると考えられる「風通しのよいイコン……」も読解の対象となる。自動記述の部分的適用の認められる「新詩篇」中の他のいくつかのテクストも参照されることとなろう。

I　言語なき詩

1　精神の至上性

エリュアール的自動記述の一側面として、エリュアールの自動記述を、それが起源的なものであれ最終的なものであれ、純粋さと自己現前へと導く熱望についてまず考えてみたい。

この点を検討するために、まず最初にエリュアールによる自動記述の使用をシュルレアリスム運動初期の集団的流れのうちに位置付けてみよう。エリュアールに限らず、恐らくシュルレアリスム・グループ全体による自動記述の適用において決定的であったのは、精神の至上性の主張である。精神の至上性を称揚することは、一九二四年から二六年にかけて、シュルレアリストたちの間でほとんど習慣と化していたと言ってもよいであろう。この点で、シュルレアリストたちは「精神のことどもに自身の実在を犠牲に供した者たち[1]」の間に位置するのであり、「卑俗な野心なしに、自身の生を精神の勝利を確かにすることに捧げる人間たち[2]」の間に位置すると言える。精神の至上性肯定のいくつかの例を挙げてみよう。

〔……〕**シュルレアリスム**は新たなあるいはより容易な表現手段ではないし、詩の形而上学ですらない。

それは精神の全的解放の手段である[3]〔……〕。

——**シュルレアリスム**は一詩的形態ではない。

それは自身の方に立ち帰る、そして自身の足枷を死に物狂いで嚙み砕くことを決意した精神の叫びである[4]。

我々は精神の抵抗である。我々は血みどろの革命を精神の不可避の復讐であると考える[5]〔……〕。

「シュルレアリスム的蝶《ビラ》たち」のヘーゲルの引用も忘れないでおこう。

精神の力と権能から偉大すぎる何ものをも期待できないであろう。(6)

「精神」という語のシュルレアリストたちによる使用の頻繁さを考えれば、ヘーゲルという名が現われることは不思議ではない。この点については、精神の勝利を信じ、自由を「精神の永続的誕生」と定義付けていたエリュアールも例外ではない。

精神はそのもっとも危険な顕現においてしか勝利することはないだろう。いかなる精神的大胆さも死へと導くことはできない。〔……〕

〔……〕

自由は精神の永続的誕生である。

(« Appel », II, p. 805)

ピエール・ナヴィールが一九二五―二六年の冬に書いたように、「シュルレアリストたちに提出されている問題は、精神が現在どのような諸条件のもとに生きているのか、そしてもしそれが窒息しているのであれば、そしそれが死につつあるならば、何がその救いの現実的諸条件であるのかを知ることである」[7]。
精神の至上性を強調することに存するシュルレアリストたちのこの一般的傾向は、アンドレ・ブルトンが一九三四年に「絶対的観念論」[8]と呼んだものに対応している。この「絶対的観念論」は、「自身の諸手段によって自身を解放し自身を解き放つことができると見做された思考の全能への〔……〕信仰」[9]によって特徴付けられる。

精神の至上性あるいは「思考の至高性」[10]のこの肯定にもっともよく応え得るのは恐らく、ブルトンによって一つの「純粋な」（「純粋な表現の新たな様式」[11]）書記として定義付けられ、思考に直接に到達するものと考えられた自動記述の援用であろう。自動記述とはまさに、ブルトンも言うように、「可能な限り厳密に話された思考であるような、可能な限り早口の独白」[12]なのである。この「思考の書き取り」の本質は、ブルトンによる「シュルレアリスム」の定義、「それによって人が思考の現実的働きを、口頭でであれ、書かれたものによってであれ、他のあらゆるやり方によってであれ、表現しようと考える純粋な心理的オートマティスム」[13]という定義に見事に要約されている。自動記述とはしたがって、少なくとも原則的には、精神の運動を、自身の純粋さのせいで書記行為としての自身をそこで廃滅させる危険を覚悟の上で、表現すべきであるものとして考えられる。シュルレアリストたちによる自動記述の実践において決定的であったのは精神の至上性を肯定しようという傾向であったと言い換えてもよい。

エリュアールにあっては、精神あるいは思考の運動と自動記述の両者は、例えば「でたらめに」のような詩において緊密に結び付いている。

でたらめに叙事詩だ、しかしそれももう終わりだよ。
すべての行為は囚われている
先祖の髭をもつ奴隷たちによって
そして習わしになった言葉たちは
それらの記憶によってしか価値をもたない。

でたらめにあらゆる燃やすもの、あらゆる囓るもの、
あらゆる磨り減らすもの、あらゆる噛むもの、あらゆる殺すもの、
でも毎日輝くもの
それは人間と黄金の一致、
それは大地に結びついた視線。

でたらめに解放、

でたらめに流れ星
そしてぼくの頭の永遠の空が
自身の太陽により広く開かれる、
偶然の永遠性に。

(I, p. 189)

この詩のうちには、一方で、精神の解放的運動のいくつかの現われが認められる。例えば、精神に足枷をはめるものへの攻撃性(14)(「でたらめにあらゆる燃やすもの、あらゆる囓るもの、／あらゆる磨り減らすもの、あらゆる嚙むもの、あらゆる殺すもの」)、眩い光という形のもとに現われる視覚的純粋さ(「でも毎日輝くもの／それは人間と黄金の一致、／それは大地に結びついた視線。」)、自身へと「自身を開く」行為、自身を自身に現前させる行為(15)(「そしてぼくの頭の永遠の空が／自身の太陽により広く開かれる、」)などが、このような精神の解放的運動の現われであると考えられる。他方で、四回繰り返される「でたらめに」という言葉は、「予め考えられた主題なしに(16)」書き、「思考の利害を離れた戯れ(17)」のみに身を任せることに存するこの「機械的書記行為(18)」を特徴付けるあらゆる「予めの熟考(19)」の不在とそこから結果する一種の「唐突さ(20)」を暗示している。「でたらめに」(au hasard)という表現に含まれておりこの詩の最後に現われる「偶然」(hasard)という語は、「機械的書記行為」が実践しようとする二項の接近の「偶然的」(fortuit)

性格に関わる。(21)ここで強調すべきなのは、思考の解放的運動と自動記述の特徴をなす偶然という二つの要素が不可分であるということだ。「でたらめに」という詩の最後の三行は、そのことを示している。

そしてぼくの頭の永遠の空が
自身の太陽により広く開かれる、
偶然の永遠性に。

前置詞的連辞の反復（「自身の太陽に」(à son soleil)、「偶然の永遠性に」(A l'éternité du hasard)）に確認されるのは、「自身を開」き（「開かれ」）、自身に立ち帰る精神の運動だ（「自身の太陽に」）。「偶然の永遠性に」という表現が、自身を反映する思考の「永遠性」を提示していることも指摘しておこう。「そしてぼくの頭の永遠の空が／〔……〕開かれる、／偶然の永遠性に」。「自身の太陽に」そして「偶然の永遠性に」という二つの表現の並置は、このように自身に回帰し、太陽の光の原初の純粋さの啓示へと開かれる精神の運動が、語たちの間の関係を、語たちの「寄せ集め」(22)をつかさどり（「ある中古の偶然の継起的で女性的な仮面たち」と、「でたらめに」のすぐ次に置かれている「絶対的必要性、……」というテクストには書かれている）、自動記述が十全に機能させ「永遠的」(「偶然の永遠性」)にしさえする「偶然」というものへの開かれを同時に意味することをはっきりと示している。

ここで私たちは一つの大きな困難にぶつかる。「偶然」が語たちの関係付けを支配する何らかの原理を意味すると考えるにしても、「偶然」という概念と精神の自己回帰という概念とは両立不可能なものではないのか?「ぼくの頭の空」の「永遠性」が「偶然の永遠性」のうちに反映されるとしても、「偶然」はそのことによって破壊されてしまうのではないだろうか? 要するに、自身を反映する精神の運動はある意味で言語を、したがって語たちを連鎖させる「偶然」を否定するものではないのか? この矛盾にはまた後で立ち帰ることにしよう。ここではとりあえず、言語の否定が自動記述の主要特徴の一つであることを確認するに留めておこう。

2 言語なき詩

実際、思考をもっとも直接的に表現し、思考と全く直接的な関係を結ぶものであるとされる「純粋な心理的オートマティスム」という概念が、言語を廃滅するものであることには別段驚くべき何ものもない。ロラン・ジェニーが『シュルレアリスム宣言』の一節を想起させつつ書くように(「[……]スーポーと私は、私たちが自由に使えるようにしておいた新たな純粋表現様式を

シュルレアリスムという名のもとに指示した〔……〕」）、「〔……〕シュルレアリスムによって目指されたもっとも「純粋な」表現は、事実あらゆる言語から純粋であるということがわかる。それは、生きた言葉がいかなる現実的形態によっても脅かされる以前の、生きた言葉の発出点である[23]」。ここで「シュルレアリスム的蝶たち《ビラ》」のうちの一つを想い起こすことも無駄ではないであろう。「**シュルレアリスム**／それは否定された書記行為である[24]」。

エリュアールについてはどうだろうか？ シュルレアリスム初期のエリュアールにあって、記号の物質性と不透明さの破壊によって起源的純粋さを回復させることを狙う全能の視線が、書記行為としてあるいは言語として自身を廃棄し、自身が表現するとされる思考のうちに溶け去ってしまおうとする自動記述であるに他ならない言語なき詩の純粋さを視覚的次元で表現するものであることをまず指摘しておこう。さらに、物質なしの、したがって言語なしの話し言葉の未来における到来を言う「奴隷制廃止」の「〔……〕いかなる話し言葉ももはや物質に従わないであろう〔……〕」（**II, p. 798**）という一文をも想い起こすべきだろう。モーリス・ブランショの次の一節は、エリュアールの詩の言語なき詩、「言語以前の瞬間」を表現しようと努める「透明さの詩」へと向おうとする傾向をよく捉えている。

自動記述とともに、勝利するのは私の自由であり、見出され表明されるのは人間の彼自身とのもっとも直接的でもっとも真正な関係である。この視角からすると、エリュアールの詩は本質的にシュルレアリスムの詩であると言える。シュルレアリスムが感じ称揚したあの直接的生の詩、透明な詩ではなくて透明さの詩であると言えるのだ、〔……〕。自動記述の規定通りのものであったとは決して思えなかったエリュアールの詩はところが、他のあらゆる詩よりもよく言語以前の、自動記述が触れることを欲する、そしてそこで私が私の感じるものの純粋な感情をもつような瞬間を表現したのである。(25)

3 自動記述の逆説的論理

にもかかわらず、自動記述による言語の物質性の破壊は、私たちが既に言及した大きな矛盾に逢着せざるを得ない。ロラン・ジェニーは、「オートマティスム的技術が参入させる『純粋さ』の逆説」について十分に意識的だ。「〔……〕『純粋な表現』——あらゆる伝統、あらゆる遺産、あらゆる言語に反逆するような表現であると理解して頂きたい——を証言することを求められることになるのは言語の現実的諸形態に対してであり、すなわち受け入れられた諸形態に対してである。オートマティスムの語たちはしたがって、語たちを否定する精神のある一点を説明するよう呼びかけられるのである」(26)。シュルレアリストたちの中では、「純粋なシュルレアリスム」でさえも「語たちの記憶」を前提していることを明確化しているルネ・クルヴェルが、このような状況をもっともよく言語化している。

〔……〕その配列がどんなに神秘的なものであろうと、やって来ようとしている語たちは、率直に言って、我々がその使用を学んだ記号である。かくして、明るいものと昏いものとがとんでもなく分離されることはできないであろう。両者は混ざり合っており、我々の分析道具は、黒い糸と白い糸とを、意識の神経と無意識の神経とを、それらを破ることによってしか解きほぐすことはできない。純粋なシュルレアリスムは、それについて何らかの考えを抱くことが可能であったとしても、直線でも曲線でも折れ線でもないような線をもつデッサンによるか、オノマトペによるか以外には実現され得ないであろう。〔……〕そしてまた、このようなオノマトペの中にまで語たちの記憶によって表象されるもっとも明晰な理性の記憶が見出されるであろう。かくして、人間が径の痕跡を見出すところで、我々が未踏の森について話すことはできないであろう。(27)

思考の言語なしの純粋さに到達するために書き手が言語に訴えることを余儀なくさせるこの逆説が、自発的で唯一的な詩的行為の起源と見做された主観性の純粋さに達することを、言語の常に反復的である現動化によって、広い意味での「引用」によって目指すという特徴をもつエリュアール流のダダ的書記行為を決定付ける逆説を想起させるのも偶然ではない。実際、この点に関して、エリュアールの詩作品に一種の連続性が確認されることは確かだ。ダダの詩とシュルレアリスム詩という二種の詩は、少なくともエリュアールにあっては、それらが逆説的な詩的行為であり、自身を決定付けている逆説的論理を肯定し表象するために自身に回帰しようと試みる限りにおいて、重なり合っている。しかしながら、このような一致点は、両者の違いを排除するものではない。「ダダ的発展」というテクストにはっきりと認められるように、ダダ的エクリチュールが思考と言語を否定するのに対して、自動記述は、精神と思考の至上性というシュルレアリスム的モティーフと切り離せない(28)。しかし、もう少しよく考えてみると、このような相違はうわべだけのものであることがわかる。ダダ的エクリチュールが純粋な主観性の表現であることを目指す限りにおいて、それはそれなりのやり方で、たとえ合理的思考とは異なる思考であるにしても、思考に価値を与えている。逆に自動記述が思考を高揚するにしても、それは、思考が言語の介入を前提しない直接的思考であるとされる限りにおいてである。エリュアールにあってのダダ的詩とシュルレアリスム的詩という二つの詩のもう一つの相違は、エリュアールの自動記述を特徴付ける名詞あるいは大抵の場合名詞的な連辞の並置という構文的指標に存している。名詞あるいは名詞的連辞の並置は、ある言語的要素から他の言語的要素への差し向けというエリュアール的自動記述の本質に対応するものである。

かくして、逆説的論理に関して、エリュアール詩の一つの連続性が確認される。エリュアールの詩は、ダダ時代以来、少なくとも部分的には、ダダ的詩的行為がエリュアール詩にそこへ参入することを可能にした逆説的論理の称揚として見做され得る。エリュアールの詩が、一九二四年に刊行された『死なぬことで死ぬ』にあるように、前シュルレアリスム・グループの傾向に従いつつ（「眠りの時代」がここでは問題になっている）夢の啓示に自身を同一化させようとしたにせよ、他方でそれは、生きていると同時に死んだものである女性の出現を決定付けるロートレアモン的逆説に惹かれていた。そして、「新詩篇」に見られる解放的要求、浄化的視線、女性との関係などのすべてがダダ的経験に由来する逆説的論理に支配されたものであることは既に見た通りだ。

しかし、言語によって言語なしの詩を実現することに存する自動記述のこの逆説の他に、何がエリュアール的自動記述を支配する逆説的原理なのであろうか？　そのような逆説的原理は、二つの次元において確認される。それはまず、エリュアールにあって自動記述が自身を提出するやり方のうちに確認される。自動記述は、今まさに展開されつつある自動記述自身の表象あるいは隠喩化として自身を提出する。しかし恐らくより重要なのは、自動記述が、対立する二項間に確立される逆説的戯れを、それが現動化された二項のうちのいずれかにおいて停止することを妨げつつ、無限に延長する差し向けの力を具現することであろう。隠喩的自己回帰と差し向けの力というエリュアール的自動記述の二つの主要特徴について検討してみよう。

II　隠喩的自己回帰としての自動記述

1　隠喩的二重化

その原理のうちであるいはその理想的側面のもとに考えられた自動記述ができ得る限り忠実に翻訳するとされた思考の自己回帰の運動については、既に言及した。テクスト的実践の次元においてもまた自動記述の自己回帰を確認することができる。とは言っても、ここでは、起源的輝きの復元と密接に結び付いた主体の純粋さの啓示としての自己回帰が問題なのではなく、自動記述の反復的、二次的、言語的性質を強調するようなある自己への折れ曲がりとしての自動記述の自己回帰が、自動記述の隠喩的二重化＝裏地が問題となる。ブルトンの『シュルレアリスム第二宣言』の次の一節もまたこの方向で解釈することができるだろう。ブルトンはそこで、シュルレアリスム的テクスト「内部での議論の余地のない紋切り型の出現」を非難しつつ、書く主体が自身を反映することとの必要を、書く主体に自身のうちで起こっていることを観察することを可能とする「二重化」の必要を強調している。「[……]その間違いは、紙の上にペンを走るがままにさせることで一般的に満足し、彼らのうちでその時起こっていることをほんの少しでも観察することのなかったこれらのテクストの大部分の作者たちの側からのとても大きな怠慢によるものなのだ——この二重化はところがよく考えられた記述のそれよりも把握するのが容易で考察するにあたってより興味深いものなのである[1]——[……]」。かくして、自動記述はこの「二重化」によって、まさに展開されつつある書く行為自身のうちで起こっていることをいわば舞台化するために自身に立ち帰るこの運動によって特徴付けられている。ミシェル・ミュラが言うように、「自動記述はかくして、我々の目の前で発案され結晶化する一つの神話の光景を我々に提供している。それは、シュルレアリスム的『声』の顕現の神話、すなわち詩の誕生の神話である[2]」。

「絶対的必要性、……」は、自動記述のこのような隠喩的自己回帰の典型的な例となっている。このテクストに見られる前置詞的連辞（de ＋名詞）の並置は、一方は列挙を開始し他方は列挙を閉じる二つの「パフォーマティヴ」、つまり行為遂行的な言説によって縁取られている。これら二つの行為遂行的言説のうち最初のものは、単純未来形によってその即座の到来を告げつつ

（「捕われたままでいるだろう」）、一連の前置詞的連辞を開始している。「リボン」（rubans）という名詞は、線形性という意味素によって前置詞的連辞の並置・列挙をはっきりと隠喩化し表象している。

〔……〕彼〔人間〕は捕われたままでいるだろう、彼のたてがみのリボンによって、群れの、群衆の、行列の、火事の、種まきの、旅行の、省察の、叙事詩の、連鎖の、投げ捨てられた衣服の、引っこ抜かれた処女性の、戦いの、過去のあるいは未来の勝利の、液体の、満足の、恨みの、見捨てられた子供たちの、思い出の、希望の、家族たちの、人種の、軍隊の〔……〕。

(I, p. 190)

記号のこの偶然的とも言える連鎖は、「解放」という語の出現によって、あるいはより正確には、「ぼく」自身が口にした語の連鎖へのメタ言語的立ち帰りによって（「とぼくは言う」）、終わる。

〔……〕鏡の、侍者の子供たちの、十字架の道行きたちの、鉄道の、痕跡の、呼びかけの、死骸たちの、窃盗の、石化の、香りの、約束の、慈悲の、復讐の、解放の――とぼくは言う

――解放の、喇叭の音に合わせるときのように、喇叭は脳に命ずる、ある中古の偶然の継起的で女性的な仮面たちによって、仮面たちは人垣の瞳をもっていて、血まみれで、平和に通じた男の心には眠りの廃虚を気にかけない夢の冠よりも心地よい騎馬行列によってもはや気晴らしをさせられるがままにならないように。

(I, p. 190)

言い換えれば、並置の終わりは、「解放」という語の反復によって決定されている。「解放」という語の最初の現われは、一連の前置詞的連辞（邦訳では「〜の」となるもの）の構成要素の一つに過ぎない。最初の「解放」の出現は、一方で、先行する諸要素との意味論的親近性によって多かれ少なかれ決定されている。列挙を支配する「戦い」という意味論的領野を指摘しておこう。「火事」、「叙事詩」、「鎖」、「投げ捨てられた服装」、「引っこ抜かれた処女性」、「戦い」、「過去のあるいは未来の勝利」、「恨み」、「見捨てられた子供たち」、「家族たち」、「人種」、「軍隊」、「呼びかけ」（「集合の合図」とも取ることができよう）、「死骸」、「慈悲」、「復讐」などの語が、「戦い」というこの意味論的領野を構成している。「解放」という語の最初の出現は他方で、先行する諸要素との音的親近性によって決定されている。音の連鎖 /t(d)ei/ は、délivrances（解放）という語を virginités（処女性）、pétrifications（石化）、pitié（慈悲）などの語に結びつける。virginités と pétrifications はまた、délivrances にも見出される /r/ という子音を含んでいる。子

音 /v/ と音の連鎖 /ɑ̃s/ は、délivrances とそのすぐ前に来る vengeances（復讐）に共通するものだ。

このように、先行する名詞群との意味論的あるいは音的親近性によって多かれ少なかれ決定付けられている「解放」という語の一度目の出現に対して、「解放」という語の二度目の出現は、このテクストの文脈にあって、はっきりとメタ言語的あるいは行為遂行的価値をもっている。つまり、単なる「解放」が問題になっているのではなく、今まさに展開されつつある言葉の流れからの「解放」が、「ある中古の偶然の継起的で女性的な仮面たちによって、仮面たちは人垣の瞳をもっていて、血まみれで、平和に通じた男の心には眠りの廃虚を気にかけない夢の冠よりも心地よい騎馬行列によってもはや気晴らしをさせらるがままにならない」ことに他ならない「解放」がここで問題になっているのである。発話者は、前置詞 de ＋名詞からなる一連の連辞から実際に「解放」されるのであり、それと同時に発話者はこの「解放」の事実そのものに言及するのである。ここに、行為遂行的言説の「自己言及的」性格を認めることもできよう(3)。

2 自動記述の隠喩

自動記述特有のメタ言語的機能を引き受けるのは大抵の場合隠喩である。自動記述は、自身の産出過程をいわば舞台の上に乗せるために自身を参照する。ここでは、行程、線的諸形態、笑い、夜明けという四つのタイプの隠喩を論じてみよう。

（1）行程

「偉大なる女陰謀者たちよ、……」というシュルレアリスム的テクストは、自動記述による自身の産出過程を一種の隠喩的自己回帰によって一つの道行きあるいは行程であるものとして表象している。

偉大なる女陰謀者たちよ、ぼくの躊躇する歩みのXと交差する運命なしの道路よ、石と雪でふくれた編み下げ髪よ、空間のなかの軽い井戸よ、旅行たちの車輪の輻よ、そよ風と嵐の道路よ、湿った野原の中の男らしい道路よ、街の中の女性的な道路よ、気の狂った独楽の紐よ、人間はおまえたちを頻繁に訪れることによって、自分の道と彼を目的へと運命付けるあの美徳を見失う。彼は自身の現前をほどく、彼は自身の像《イマージュ》を放棄し、星たちが彼を指針として導かれることを夢見る。
(I, p. 186)

このテクストについて、ジャック・ガレッリは次のように書く。「〔……〕この詩を構成する努力は、現われたものを呼びかけの形のもとに並置することに限定されるものではなく、一見したところ混沌としたものに見える言葉のこの堆積を一つの道行きの空間と行程にすることに存する。(4)〔……〕」。行程の観念は、主題的次元で反復される。ここには、「道路」というダダ的主題が認められる(「運命なしの道路よ」、「そよ風と嵐の道路よ」、「湿った野原の中の男らしい道路よ」、「街の中の女性的な道路よ」(I, 186))。この「道路」という主題の回りに、「石と雪でふくれた編み下げ髪」や「気の狂った独楽の紐」というような、その線的形態が「道路」との親近性をはっきりと示す諸要素が集まって来る。また、「旅行たちの車輪の輻」あるいは「気の狂った独楽」とあるように、回転する「車輪」という主題も確認される。「車輪」(roue)は、「道路」(route)と意味論的親近性のみならず音的な親近性をもっている。このように、これらの呼びかけの反復は、今まさに書かれつつあるテクストについて語る一つのメタ言語をなしている。したがって、これらの呼びかけが差し向ける「おまえたち」(vous)は、一つの行程として考えられた、あるいは記号から記号への、呼びかけから呼びかけへの「運命なしの」差し向けとして考えられた詩的エクリチュールに他ならない。

「道路」という隠喩は、「一本の剣の赤い脅威のもとで、……」にも現われる。

口づけたちを導き、口づけがどの場所に置かれるかを示す彼女の髪をほどく一本の剣の赤い脅威のもとで、彼女は笑う。退屈は、彼女の肩の上で眠り込んだ。退屈は笑う彼女と一緒のときにのみ退屈する。大胆な女であり、気違いじみた笑いで、すべての橋の下に魅力の失せた花束のしおれた花である赤い太陽を、青い月を蒔く一日の終わりの笑いで。彼女はひとつの大きな小麦車のようであり、彼女の手は芽生え、我々をからかって舌を出す。彼女が自分の後ろに引きずる道路たちは彼女の家畜たちであり、彼女の威厳に満ちた歩みは家畜たちの目を閉じる。

(I, p. 179)

「道路」という語はテクストの最後になって初めて現われるものの、いくつかの要素がテクストの最初からこの語を予見し、あるいは暗黙のやり方でこの語に言及している。「髪」はその線的形態によって、またそれが「導く」ものである点で、「道路」を思わせる。「口づけたちを導き、口づけがどの場所に置かれるかを示す彼女の髪をほどく一本の剣の赤い脅威のもとで、彼女は笑う」。「行程」に直接関わる「車」、「道路」などの語はテクストの最後の部分に現われる。「彼女はひとつの大きな小麦車のようであり、彼女の手は芽生え、我々をからかって舌を出す。彼女が自分の後ろに引きずる道路たちは彼女の家畜たちであり、彼女の威厳に満ちた歩みは家畜たちの目を閉じる」。「車」と「家畜たち」との逆転した関係をまず指摘しよう。「彼女」あるいは「ひとつの大きな小麦車」が「道路たち」と「彼女の家畜たち」を「自分の後ろに引きずる」のであり、その逆ではないということだ。しかし同時にこれらの「道路たち」は「ほどか」れた「彼女の髪」でもあり得る。この観点からすれば、「彼女」は運動の主体であると同時に、この運動が展開される場でもあるということになる。したがって、ここでも自動記述に固有の反省的二重化を認めることができよう。自身のメタ言語である自動記述は、自身を表象するために自身を反復し、そのことによって、自身を覆う。この二重化は実際、ある種の言語的厚さと不透明さを導入するのである（「〔……〕彼女の威厳に満ちた歩みは家畜たちの目を閉じる」）。「風通しのよいイコン……」には次のようにある。「なめらかで香り高い髪の毛の上の大きな鉛の覆いたちよ」（I, p. 184）。

個人の隠された領域の探求として考えられたシュルレアリスム詩はしばしば旅行によって隠喩化される。エリュアールのシュルレアリスム的テクストのいくつかに「旅行」という語が、「道路」と同様複数形に置かれ、テクスト生成の行程自体を表象するものとして現われる。「旅行たちの車輪の輻」（「偉大なる女陰謀者たちよ、……」、I, p. 186）、「彼〔人間〕は捕われたままでいるだろう、群れの、群衆の、行列の、火事の、種まきの、旅行の、〔……〕」（「絶対的必要性、……」、（I, p. 190）などの例が挙げられる。

前置詞 de ＋名詞から成る前置詞的連辞の並置によって特徴付けられるテクスト「絶対的必要性、……」にあっては、並置の内部にありつつ相継起し合う前置詞的連辞の総体を表象する形象が確認される。「群れ」、「群衆」、そしてとりわけ「行列」がそれである。自動記述のこのいわば同時的自己参照に加えて、並置の後に現われつつ事後的に並置を参照する諸形象が同じテクストのうちに見出される。「継起的で女性的な仮面たち」、「人垣の瞳」、「血まみれで、〔……〕心地よい騎馬行列」（I, p. 190）などがその例である。

（2）線的で多数的な諸形態

既に仄めかしておいたように、「道路」、「髪」、「花束」などは、自動記述の連辞的連鎖の線的性質を表象するその線的形態によって結びついている。「道路」と「髪」の接近については、「もはや分かちもたない」という詩の「道路の髪」という表現を指摘することができる（I, [p. 175]）。小さな点――「口づけ」、「太陽」、「月」、「花」、「目」――をちりばめられた線的形態の隠喩が、「一本の剣の赤い脅威のもとで、……」のエクリチュールの展開を決定付けている。

口づけたちを導き、口づけがどの場所に置かれるかを示す彼女の髪をほどく一本の剣の赤い脅威のもとで、彼女は笑う。退屈は、彼女の肩の上で眠り込んだ。退屈は笑う彼女と一緒のときにのみ退屈する。大胆な女であり、気違いじみた笑いで、すべての橋の下に魅力の失せた花束のしおれた花である赤い太陽を、青い月を蒔く一日の終わりの笑いで。彼女はひとつの大きな小麦車のようであり、彼女の手は芽生え、我々をからかって舌を出す。彼女が自分の後ろに引きずる道路たちは彼女の家畜たちであり、彼女の威厳に満ちた歩みは家畜たちの目を閉じる。
(I, p. 179)

線的形態はまず「口づけ」と組になった「髪」として現われ、次いで、「赤い太陽」と「青い月」を映した川あるいは運河という潜在的形態に変形され(「すべての橋の下に魅力の失せた花束のしおれた花である赤い太陽を、青い月を蒔く一日の終わりの笑いで」)、さらに、「しおれた花」たちから成る「魅力の失せた花束」となる。線的形態は最後に「家畜たちの目」を備えた「道路」に変形される(「彼女が自分の後ろに引きずる道路たちは彼女の家畜たちであり、彼女の威厳に満ちた歩みは家畜たちの目を閉じる」)。線的形態のこの変形過程と並んで、暴力的な開かれから閉じることへの道行きを指摘することができる。

とりわけ「ほどく」(défaire)という動詞の重要性を強調しておこう。線的諸形態の展開を可能にし自動記述が繰り広げられる場を開くのは「ほどく」という行為だ。「一本の剣の赤い脅威のもとで、……」には、「彼女の髪をほどく」とある。「状況の終わり」というテクストの冒頭に来る文にも言及しておこう。この詩は自動記述的テクストではないが、「破滅」、難破といった激烈な経験に関わるものである。「すっかりほどかれた花束が波の雄鳥たちを焼く」(I, p. 177)。同様に「ほどく」と訳すことのできる動詞 dénouer(「彼は自身の現前をほどく、彼は自身の像《イマージュ》を放棄し〔……〕」(「偉大なる女陰謀者たちよ、……」、I, p. 186)や découdre(「絶対的必要性、……」は次のように始まる。「絶対的必要性、絶対的欲望、これらすべての服装をほどくこと、〔……〕」(I, p. 189)。「すべての服装をほどくこと」の、裸にすることのこの「絶対的必要性」、この「絶対的欲望」は、自身に回帰し、自身に関わろうとする思考の要求、自動記述の実践を疑いもなく動機付けている要求に対応している)、あるいは、予め抱かれた考えなしに話すことに他ならない「扇」を開くという行為も指摘しておこう(「彼女の口の扇、〔……〕」(「永遠の女、すべてであるような」、I, 196))。「扇」を開くというこの行為は笑うという行為にも接近して来る(「ひとつの扇が大笑いする」(「世界最初の女」、I, p. 178))。
「ほどく」(défaire)という動詞のもう一つの機能は、線的な形態を、すなわち書くことの実践を複数的にすることによって、個人を集合的なもの、多数的なものへと開くことに存する。髪や花束を「ほどく」ことが不可欠となるのはこのためである。ここからまた「棕櫚の葉」や「手綱」といった多数的形態の形象が現われて来る。

陶酔の場所で、棕櫚の葉と黒いワインの突風が怒り狂っている。
(「彼がきみにくれなかったダイヤモンド、……」、I, p. 185)

軍馬の手綱のなかの視線は、
ぼくの血の棕櫚の葉の揺れを解放しながら、

（「冬は平原の上に……」、I, p. 185）

同様に、行程の主題系に属する「道路」や「旅行」も既に指摘したように多数的、複数的である。詩的行程のこの多数化は、恐らく詩的啓示をあらゆる人に共有させようというシュルレアリスム的要請を反映している。別の言い方をすれば、詩的行程のこのような多数化は、シュルレアリスム的詩的啓示に関して要請される集団性の一つの現われであると見做すことができる。詩的行為のこのような集団性との関わりで、「風通しのよいイコン……」というテクストに現われる「穏やかな建設者たち」という複数的主体を解釈することができるだろう。

〔……〕
教会の疲れ切った穏やかな建設者たちよ、薔薇色の煉瓦のこめかみをもった、希望に焼かれた眼をもった穏やかな建設者たちよ、おまえたちがやらなくてはならなかった仕事は永遠に未完成だ。瀕死人の瞼より壊れやすい家々、彼らはそこで負けるが勝ちで激怒しようとしていたのだろうか？　窓ガラスにいろいろな色の顔たちが見える真珠の箱々よ《いえいえ》〔……〕。

（I, p. 184）

「穏やかな建設者たち」は、「教会の疲れ切った穏やかな建設者たち」である点で、確かに奴隷的労働者の形象ではあるものの、他方で、一九二〇年の詩集『動物たちとその人間たち、人間たちとその動物たち』の序文で、エリュアールが詩人を「建設者」と呼んでいたことも想い起こすべきだろう（「一つのごまかしのない力がぼくたちに戻ることを。／若くして生きた何人かの詩人たち、何人かの建設者たちは既にそれをぼくたちに教えていた」、I, p. 37）。しかも、ここで問題になっている建築物が最初のうちは「教会」であったにしても、テクストが展開されるにつれて、建築物は次のように変貌して行く。「教会」→「瀕死人の瞼より壊れやすい家々」→「窓ガラスにいろいろな色の顔たちが見える真珠の箱々《いえいえ》」。これらのイマージュのうち少なくとも後の二つについては、宗教への攻撃よりも詩の隠喩が問題になっている。このように考えて来ると、「穏やかな建設者たち」という複数的主体のうちに労働者＝詩人たちの形象を、自動記述の動的空間のうちに集まることを要請される多数化した詩的実践の複数的主体の形象を見ることができるだろう。

（3）笑い

笑いはダダ時代のエリュアール詩にあっては思考なき言語のイマージュであった。エリュアールのシュルレアリスム的テクストにあって笑いは、絶えず自身を更新することによってのみ、語あるいは記号表現《シニフィアン》を絶えず連鎖させることによってのみ展開され続ける自動記述に固有の多数化の原理として機能している。笑いはしたがって自身を表象しつつ自身を産出する自動記述として現われる。

「一本の剣の赤い脅威のもとで、……」の「彼女」の笑いは、首都の「すべての橋の下に」諸天体を「蒔く」。「すべての橋の下に魅力の失せた花束のしおれた花である赤い太陽を、青い月を蒔く一日の終わりの笑いで」(I, p. 179)。同様に、自動記述は、自身を創出するために、語を発出し、語たちの厚みの下に天体的な光を「蒔く」。「風通しのよいイコン……」の最後の数行にあっては、「おまえたち」と呼ばれる、詩の多数化された主体たちである「教会の疲れ切った穏やかな建設者たち」、「囚人たちの繊細な奴隷たち」は同時に、増殖する笑いのうちに召喚される笑う主体たちでもある。

〔……〕そして以後おまえたちは図々しくも笑うことができる、笑い、剣の花束、笑い、埃の風、笑い、自分の秤から落ちた虹たちのように、自転する一匹の巨大な魚のように。

〔……〕

(I, p. 184)

笑いはこのように、「剣の花束」、「埃の風」、「虹たち」、「一匹の巨大な魚」へと次々に変貌して行く。あるいは、これらの変貌を通して同一なものに留まる笑いがこれら四つのイマージュの生成原理として機能していると考えてもよいだろう。

「風通しのよいイコン……」のこの数行は、ダダ期エリュアールの重要なテクストである「証明」のスーポーの笑いを想い起こさせる。実際、二つのテクストの親近性は、主題的に見ても（笑いに関わるという点で）、構文的に見ても（一つの連辞と組になった「笑い」という語の反復という点で）明らかである。


笑いあるいは血のなかの穏やかさ、笑いあるいは恐怖のなかの理性、笑いあるいは情愛のなかの無頓着、笑いあるいは嘘のなかの愛。

(II, p. 772)


恐らく「証明」のうちにエリュアール的自動記述の起源を見ることは困難でないであろう。この問題には再び立ち帰ることになろう。

語たちを、あるいは語のグループたちを発出しつつ、笑いは自身を創出し、自身の産出するイマージュ群に次から次へと自身を同一化して行く。この点で、笑いを自己創出あるいは自己増殖の一過程であると考えることができる。このことは、語彙的次元で、「笑い」あるいは「笑う」

の反復として確認される。

〔……〕一本の剣の赤い脅威のもとで、彼女は笑う。退屈は、彼女の肩の上で眠り込んだ。退屈は笑う彼女と一緒のときにのみ退屈する。大胆な女であり、気違いじみた笑いで、すべての橋の下に魅力の失せた花束のしおれた花である赤い太陽を、青い月を蒔く一日の終わりの笑いで。

(I, p. 179)

〔……〕そして以後おまえたちは図々しくも笑うことができる、笑い、剣の花束、笑い、埃の風、笑い、自分の秤から落ちた虹たちのように、自転する一匹の巨大な魚のように。〔……〕

(I, p. 184)

自己創出あるいは自己増殖の一過程としての笑いは、音的な次元では、「笑い」rire という語に含まれる母音［i］の反復として現われる。

[...] défaisant sa chevelure qui guide des baisers, qui montre à quel endroit le baiser se repose, elle rit. L'ennui, sur son épaule, s'est endormi. L'ennui ne s'ennuie qu'avec elle qui rit, la téméraire, et d'un rire insensé, d'un rire de fin du jour [...].

口づけたちを導き、口づけがどの場所に置かれるかを示す彼女の髪をほどく一本の剣の赤い脅威のもとで、彼女は笑う。退屈は、彼女の肩の上で眠り込んだ。退屈は笑う彼女と一緒のときにのみ退屈する。大胆な女であり、気違いじみた笑いで、〔……〕一日の終わりの笑いで。

[...] et désormais vous pouvez rire effrontément, rire, bouquet d'épée, rire, vent de poussière, rire comme arcs-en-ciel tombés de leur balance, comme un poisson géant qui tourne sur lui-même. La liberté a quitté votre corps.

〔……〕そして以後おまえたちは図々しくも笑うことができる、笑い、剣の花束、笑い、埃の風、笑い、自分の秤から落ちた虹たちのように、自転する一匹の巨大な魚のように。自由はおまえたちの体を離れた。

(I, p. 184)

母音［i］（場合によっては、子音［r］によって先立たれ、/ri/となることもある）の繰り返しは、「風通しのよいイコン……」の第二段落における「笑い」rireという語の出現を準備しているようでもある。

[...]

Doux constructeurs las des églises, doux constructeurs aux tempes de briques roses, aux yeux grillés d'espoir, la tâche que vous deviez faire est pour toujours inachevée. Maisons plus fragiles que les paupières d'un mourant, allaient-ils s'y employer à qui perd gagne? Boîtes de perles avec, aux vitres, des visages multicolores qui ne se doutent jamais de la pluie ou du beau temps, du soleil d'ivoire ou de la lune tour à tour de soufre et d'acajou, grands animaux immobiles dans les veines du temps, l'aube de midi, l'aube de minuit, l'aube qui n'a jamais rien commencé ni rien fini, cette cloche qui partout et sans cesse sonne le milieu, le cœur de toute chose, ne vous gênera pas. Grandes couvertures de plomb sur des chevelures lisses et odorantes, grand amour transparent sur des corps printaniers, délicats esclaves des prisonniers, [...] vos larmes ont terni l'insouciance de vos maîtres impuissants, et désormais vous pouvez rire effrontément, [...]

〔……〕

教会の疲れ切った穏やかな建設者たちよ、薔薇色の煉瓦のこめかみをもった、希望に焼かれた眼をもった穏やかな建設者たちよ、おまえたちがやらなくてはならなかった仕事は永遠に未完成だ。瀕死人の瞼より壊れやすい家々、彼らはそこで負けるが勝ちで激怒しようとしていたのだろうか？　雨かいい天気かということに、象牙色の太陽か代わる代わる硫黄色になったりマホガニー色になったりする月かということに決して気付かないいろいろな色の顔たちが窓ガラスに見える真珠の箱々《いえいえ》よ、時間の静脈の中の動かない大きな動物たちよ、正午の夜明け、真夜中の夜明け、決して何ものをも始めず何ものをも終わらせることのなかった夜明け、至るところでそして絶えず真ん中を、あらゆる事物の核心を鳴らしているこの鐘はおまえたちを困らせないだろう。なめらかで香り高い髪の毛の上の大きな鉛の覆いたちよ、囚人たちの繊細な奴隷たちよ、〔……〕、おまえたちの涙はおまえたちの不能の主人たちの無頓着を曇らせた、そして以後おまえたちは図々しくも笑うことができる、〔……〕。(I, p. 184)

「笑う」rire という動詞の半過去が現われる「冬は平原の上に……」というテクストには、/ri/ という音の連鎖が繰り返し現われる。

L'hiver sur la prairie apporte des souris.

J'ai rencontré la jeunesse.
Toute nue aux plis de satin bleu,
Elle riait du présent, mon bel esclave.

冬は平原の上にはつかねずみをもたらす。
ぼくは若さに出会った、
全裸のまま青い繻子の襞のところで、
彼女《わかさ》は、ぼくの美しい奴隷である現在のことを嘲笑っていた。

(I, p,185)

「笑い」rire という語の現われない「偉大なる女陰謀者たちよ、……」のようなテクストにあっても、「笑い」rire に含まれる音の連鎖 /ri/ が増殖している。

Grandes conspiratrices, routes sans destinée, croisant l'x de mes pas hésitants, nattes gonflées de pierres ou de neige, puits légers dans l'espace, rayons de la roue des voyages, routes de brises et d'orages, routes viriles dans les champs humides, routes féminines dans les villes, ficelles d'une toupie folle, l'homme, à vous fréquenter, perd son chemin et cette vertu qui le condamne aux buts. Il dénoue sa présence, il abdique son image et rêve que les étoiles vont se guider sur lui.

偉大なる女陰謀者たちよ、ぼくの躊躇する歩みのXと交差する運命なしの道路よ、石と雪でふくれた編み下げ髪よ、空間のなかの軽い井戸よ、旅行たちの車輪の輻よ、そよ風と嵐の道路よ、湿った野原の中の男らしい道路よ、街の中の女性的な道路よ、気の狂った独楽の紐よ、人間はおまえたちを頻繁に訪れることによって、自分の道と彼を目的へと運命付けるあの美徳を見失う。彼は自身の現前をほどく、彼は自身の像《イマージュ》を放棄し、星たちが彼を指針として導かれることを夢見る。

(I, p. 186)

自動記述はこのように、音の連鎖のうちで笑いとして自身を肯定し自身を表象しているのである。

（4）「真ん中」としての夜明け

エリュアールにあっての自動記述は、一方で言語的記号の連鎖を表象する機能をもっている（線的形態を持つ対象たち／小さな点の対を想い起こそう）。しかし他方で、エリュアール的自動記述が語たちを現勢化し出現させる、あるいはむしろ自身を語たちとして出現させるのである以上、それは自身に矛盾する試み、純粋さ、純粋な思考としての自身を否定する試みであると定義付けられ得る（ここに自動記述に特有の逆説を再び見出すことができる）。この意味で、エリュアール的自動記述は、現前／不在、出現／消滅、昼／夜などの二項の「間」の絶えず繰り返され更新される肯定として常に現われると考えることができる。したがって、エリュアール的自動記述を、単に語たちの継起として、連辞的連鎖生成の行程あるいは原理としてのみでなく、対立項が相互に浸透し合うような「真ん中」、「間」として、自動記述自身の展開のうちで表象される差し向けの働きが移行として実現するような「真ん中」、「間」として考えることができるのである。夜明けの隠喩はしたがって、対立する二極の「間」の自己表象であると見做され得る。「真ん中」としての夜明けのイマージュが現われるのは、「風通しのよいイコン……」においてである。このテクストの第二段落は、一連の二項対立を壊乱しつつ、「夜明け」という語の出現を用意周到に準備しているように思われる。

教会の疲れ切った穏やかな建設者たちよ、薔薇色の煉瓦のこめかみをもった、希望に焼かれた眼をもった穏やかな建設者たちよ、おまえたちがやらなくてはならなかった仕事は永遠に未完成だ。瀕死人の瞼より壊れやすい家々、彼らはそこで負けるが勝ちで激怒しようとしていたのだろうか？

勝つ／負けるという対立を乱す「負けるが勝ちで」ゲームをすることは、建築に関して言えば、完成／未完成という対立の壊乱を意味してもいよう。これら二つの二項対立の壊乱に加えて、好天／悪天候、昼／夜など、他の二項対立の解体が確認される。というのは、詩の隠喩であるとも考えられる「真珠の箱々《いえいえ》」の窓に見える「いろいろな色の顔たち」にとっては、いい天気であろうとなかろうと、昼（「太陽」）であろうと夜（「月」）であろうと、「顔たち」がそのようなことに「決して気付かない」のである以上、どうでもいいことであるようだからだ。

雨かいい天気かということに、象牙色の太陽か代わる代わる硫黄色になったりマホガニー色になったりする月かということに決して気付かないいろいろな色の顔たちが窓ガラスに見える真珠の箱々《いえいえ》よ、時間の静脈の中の動かない大きな動物たちよ、正午の夜明け、真夜中の夜明け、決して何ものをも始めず何ものをも終わらせることのなかった夜明け、至るところでそして絶えず真ん中を、あらゆる事物の核心を鳴らしているこの鐘はおまえたちを困らせないだろう。

したがって、一連の脱臼させられる二元論的対立の最後のものである昼と夜という二項対立が、昼と夜とがもはや排除し合わない「夜明け」という語を導入することは明らかだ。

それればかりではない。これらの詩行において問題になっている夜明けは、ただの夜明けではない。それは単なる一つの自然現象であるのではなく、詩によってもたらされる夜明けだ。そして、この夜明けは線的時間や昼と夜の交替に属するものではない。「いろいろな色の顔たち」や「時間の静脈の中の動かない大きな動物たち」という形象についても同様なことが言える。これら二つの形象は、あるいは「正午の夜明け」でありあるいは「真夜中の夜明け」でもあり得るような夜明けの無時間性を予見している。このテクストに確認される夜明けはしたがって、昼の始まりでもないし、夜の終わりでもない(「決して何ものをも始めず何ものをも終わらせることのなかった夜明け」)。この夜明けは、このように自然現象というあり方から解放され、時間の外に位置しつつ、詩的創造の原理を表象している。詩的創造の原理とは、昼と夜という対立構造のみならず、あらゆる二項対立的構造を生み出すような分割線、あるいは差異のことを言うのである。夜明けはまさに、「この鐘」が「至るところでそして絶えず鳴らしている」もの、すなわち「真ん中」あるいは「あらゆる事物の核心」――それは恐らくあらゆる語の「核心」でもあろう――を意味している。

夜明けはしたがって、テクストという舞台の上で自身を二重化する自動記述の隠喩として機能している。

3　顔の継起

自動記述の隠喩的自己回帰は、自動記述が自身を知ろうとする運動に他ならない。語たちを継起させる自動記述の機能は、連鎖する一連のイマージュ群のうちにいわば自身を映す。したがって、エリュアールのシュルレアリスム的テクストにあって、連鎖する諸要素がしばしば顔という形のもとに現われたとしても驚くにはあたらない。

しかしこの点に立ち入る前に次のことを確認しておこう。自動記述の絶えず更新される同一性は、それが「ほどく」ことを目指す何らかの心理学的自我の固定した自己同一性の対極にあるということだ。「新詩篇」は、このような固定した自己同一性に何度か言及している。

> 人間の像《イマージュ》は、地下の外で輝く。鉛の平原は人間の像《イマージュ》に自分がもはや転覆されないだろうという確信を与えているようだ。しかしそれは、人間の像《イマージュ》を自分を素描しているあの大きな悲しさのうちに再び沈めるために過ぎない。昔の力は、そう、昔の力は十分に自足していた。いかなる助けも無益だ。それは力尽きて滅びるだろう、甘く静かな死だ。
>
> （「人間の像《イマージュ》は……」、I, p. 194）

葉の上でまだ輝いていたぼくの精神
と花、ぼくの精神は愛のように裸だ、
ぼくの精神は黎明を忘れそのことによって頭を垂れ
自分の従順でむなしい身体《からだ》を見つめる。

（「いつでも純粋な彼らの目」、I, p. 187）

これらのテクストのうちに自動記述のイデアリスム的狙いを認めることができる。自動記述は、自然と言語の物質性あるいは身体性（「鉛の平原」、「自分の従順でむなしい身体《からだ》」）のうちに捉えられた精神の激しく執拗な運動を表現するものだ。精神の自己意識は、ここではその堕落した形態のもとでしか現われていない。このことと関わらせて、次のことも指摘しておこう。思考の現在の堕落は、これらのテクストのうちで、思考と起源的なるものとの関わりという観点から、見られている。このことは、自己現前の起源的十全さ（「自足していた」se suffisait）あるいは始原の光輝（「輝いていた」brillait）を言う半過去によって示されている。「昔の力」、あるいは自然のうちで自身を認識することのできた「ぼくの精神」は、分裂も欠如も知らなかった。したがって、思考を固定し自動力を欠いた同一性へと運命付けるのは、始まりの忘却なのである（「ぼくの精神は黎明を忘れ［……］」）。この種の固定化した自己同一性は、他のテクストにも現われる。

残酷さが結ばれ、素早い優しさはほどかれる。翼たちの磁力は、閉ざされてしまっている顔たちを呈する、〔……〕。

（「アンドレ・マッソン」、I, p. 181）

孤立して活用する風通しのよいイコンは、卵形の冠のうちでもっとも贋物であるもの、神の頭蓋骨であり、恐怖によって汚染されたものにひとつの決定的な場所を作ることができる。

（I, p. 183-184）

これらのテクストにあっては、動的な要素（「素早い優しさ」、「翼たちの磁力」、「活用する風通しのよいイコン」）が、凝結し固定化した要素、運動を止めてしまう決定的で死んだ自己イマージュによって取って替わられている（「残酷さ」、「結ばれ」、「閉ざされてしまっている顔たち」、「神の頭蓋骨」）。

したがって、自動記述の援用が人間が「自身の像《イマージュ》を放棄」すること（「〔……〕人間はおまえたちを頻繁に訪れることによって、自分の道と彼を目的へと運命付けるあの美徳を見失う。彼は自身の現前をほどく、彼は自身の像《イマージュ》を放棄し、〔……〕」）、そして人間の凝結した自己同一性が「血まみれ」であることを要求するとしても驚くにはあたらない。「おお、ぼく自身の上の反映たちよ！　おお、ぼくの血まみれの反映たちよ！」（「もはや分かちもたない」、I, [p. 175]）。しかし主体の鏡像のこの放棄から、言語の物質性と不透明さからついに解放された思考が一つの純粋な光輝のうちで自身を再び見出すということが結果するわけではないことに注意しよう。逆に、主体は、主体としては、つまり詩的言表行為の中心あるいは起源としては破壊され、記号あるいは記号表現《シニフィアン》を継起させ、語たちあるいは語群たちの連辞的連鎖によって二重化され隠喩化される機能に過ぎないものとなっている。別の言い方をすれば、主体は非人称的になり、テクスト的舞台の上で自身を二重化し自身を表象しようとする言語的差し向け以外の何ものでもないものとなっている。したがって、語たちあるいは語群たちは自動記述の常に問題視され常に更新される主体の鏡像あるいは顔として機能するのである。

このようなことが、例えば「鞭の炎に」と題された二つの詩のうちの二番目のものにおいて起こっていることだ。このテクストは、「シュルレアリスム的」と形容されているわけではないが、自動記述の部分的使用の痕跡であると恐らくは考えられる名詞的連辞の並置がそこに確認される。

害をなす金属、昼の金属、巣にある星、
恐怖用の切っ先、ぼろぼろになった果物、猛禽の愛、
ナイフ置き、むなしい汚れ、水びたしになったランプ、

愛の願い、嫌悪の果物、売春する鏡。
もちろん、ぼくの顔にこんにちは！
光はそこで風景よりもひとつの大きな欲望をより明るく鳴らす。
〔……〕

(I, p. 180-181)

これらの詩行は次のように読むことができる。最初の連を構成する一連の並置された連辞の後で、「ぼく」は第二連で、連辞の各々の到来のうちに自身の顔の到来を認めるために、一連の連辞に立ち戻る。このテクストをこのように解釈すると、「光はそこで風景よりもひとつの大きな欲望をより明るく鳴らす」という詩行の意味するところは明らかであるように思われる。自動記述が外的世界のあらゆる与件(「風景」)の排除を要求するものである限りにおいて、「ぼくの顔」のうちに、自動記述によってもたらされる言語的要素の各々の出現のうちに肯定されるのが「大きな欲望」であることをこの詩行は言っている。「風通しのよいイコン……」の「真珠の箱々《いえいえ》」は詩、あるいはより正確には自身を産出しつつある自動記述的テクストの隠喩であったが、外的世界から、そして時間の線的流れから切り離されたこの「箱々《いえいえ》」の窓には、自動記述があるいは言語の戯れとなった主体が自身を映し出す「いろいろな色の顔たち」が覗いている。また、

「いろいろな色の顔たち」が「雨かいい天気かということに〔……〕決して気付かない」ものである以上、この「顔たち」において「風景」よりもむしろ「大きな欲望」が「鳴る」と考えることができる。したがって、記号たちの継起は、自動記述の運動がそこに自身を認め、そこで自身と一致する限りにおいて、顔たちの継起である。あるいは、仮面たちの継起である。というのは、自動記述は、一つの純粋な思考であるどころか、相継起する記号たちとしてしか自身を認識しないものであるからだ。「絶対的必要性、……」というテクストに、「ある中古の偶然の継起的で女性的な仮面たちによって、仮面たちは人垣の瞳をもっていて、〔……〕」とある通りだ。言語なしの純粋な思考というものはない。詩的言表行為の主体は、たとえ自動記述の場合であっても、言語的記号に、自身の鏡像に、「顔たち」に訴えることなしには、詩的言表行為の主体として自身を構成することはできない。

彼は尋ねに行くだろう
顔評議会に
まだ可能なのかを
自分の若さを追うことが

そして平原のなかで
風の先導者であることが。
（「他のごくわずかな者たちのあいだで」、I, p. 191）

「他のごくわずかな者たちのあいだで」と同様、明らかにシュルレアリスム的テクストではないと思われる「永遠の女、すべてであるような」もまた自動記述の経験について語る一つのメタ言語的テクストとして読まれ得る。

〔……〕
ぼくは取り囲まれるただひとりの男だ
あまりにも何でもないんで空気がぼくを通して循環するようなあの鏡によって
そして空気はひとつの顔をもっている、ひとつの愛された顔を、
ひとつの愛する顔、きみの顔、
名前をもたない、そして他の者たちが知らないきみに、
海はきみに言う、わたしの上に、空はきみに言う、わたしの上に、
天体たちはきみを言い当てる、雲たちはきみを想像する
〔……〕
（I, p. 196-197）

「他のごくわずかな者たちのあいだで」の「風」と同様恐らく自動記述の隠喩であると考えられる「空気」が自分の顔を認めるのは「あまりにも何でもないあの鏡」のうちにおいてであろう。既に指摘したように、顔は同時に語である。これはまた引用した「永遠の女、すべてであるような」の言っていることでもある。女性を示すと同時に「空気」をも指示する「きみ」は名前をもっていない。「きみ」は、名前によって自身を認識するために、「海」、「空」、「天体」、「雲」のような事物たちあるいは名前たちと鏡像関係を結ばなくてはならない。

自動記述の自己回帰の運動、自動記述を産出して行く継起的自己同一化の運動——相継起する語あるいは顔がなければ自動記述もないのである以上——は、ダダ期エリュアールのテクスト「証明」のスーポーの笑いをもう一度想起させる。

笑いあるいは血のなかの穏やかさ、笑いあるいは恐怖のなかの理性、笑いあるいは情愛のなかの無頓着、笑いあるいは嘘のなかの愛。

(II, p. 772)

一九二〇年に書かれたこのテクストに見られる絶えず更新されて行く一連の自己同一化、自己イマージュの連鎖は、シュルレアリスム初期に実践された自動記述を先取りしている。

語の連鎖が自動記述の自己意識を構成するものであると言うこともできたかもしれない。しかし、自身に立ち帰ることによって自動記述は、自身に十全に現前するどころか、純粋な思考としては死ぬように運命付けられている。それは、思考あるいは書く主体が言語の「隠喩性」によって常に既に再生産され表象され二重化されているからだ。また、自動記述の自己同一性を形作る鏡像が決して静的なものではなく、絶えず更新される像たちの連鎖であることも付け加えておこう。

Ⅲ　言語的要素の連鎖と差し向けの機能

自動記述の隠喩的自己参照のいくつかの様態について考えるうちにしばしば問題になった語のあるいは語群の継起がエリュアールの自動記述のもっとも顕著な特徴であることは疑い得ないところだ。ここでは、言語的諸要素の連辞的連鎖というエリュアールの自動記述のこの一大特徴をもう少し詳しく見てみよう。まず、記号表現《シニフィアン》の連鎖について考えてみたい。というのは、自動記述は、記号表現《シニフィアン》を連鎖させる過程として現われ得るからだ。次いで、もっとも重要な構文的特徴である並置について検討してみたい。最後に、エリュアールの自動記述の本質として差し向けの機能を指摘したい。この差し向けの機能は、同一テクスト内においてのみならず、「新詩篇」中の異なるテクスト間にも確認される。差し向けが、「新詩篇」という総体を超えて延長され、間テクスト的戯れとして現われ得ることも付け加えよう。

1　音の連鎖

自動記述の展開においてしばしば決定的な役割を果たすのは、記号表現《シニフィアン》の滑走である。連辞的連鎖の線的な展開のうちで次に来る語や語群を決定するのはしばしば音素を連鎖させる機能をもつ記号表現《シニフィアン》の戯れなのである。

（1）記号表現《シニフィアン》増殖の過程

まず、「一本の剣の赤い脅威のもとで、……」の次の詩行から見てみよう。ここでは、対となる母音 /ãi/ が、まずは散らばった形で現われつつ、「退屈」ennui、「眠り込む」s'endormir、「退屈する」s'ennuyer というような語彙素の出現を決定しているように思われる。

> Sous la menace rouge d'une épée, défaisant sa chevelure qui guide des baisers, qui montre à quel endroit le baiser se repose, elle rit. L'ennui, sur son épaule, s'est endormi. L'ennui ne s'ennuie qu'avec elle qui rit, [...].

口づけたちを導き、口づけがどの場所に置かれるかを示す彼女の髪をほどく一本の剣の赤い脅威のもとで、彼女は笑う。退屈は、彼女の肩の上で眠り込んだ。退屈は笑う彼女と一緒のときにのみ退屈する。〔……〕

「彼がきみにくれなかったダイヤモンド、……」の第二段落を構成する一文においては、形容詞 douce（「やさしい」）の音の連鎖 /us/ が大きな役割を演じている。この音的連鎖 /us/ は、名詞 pouce（「親指」）あるいは語群 tous ces（「これらすべての」）の出現を可能にし、それによって自動記述的テクストの産出に貢献している。

[...] la ronce douce, squelette de ton pouce et tous ces signes précurseurs de l'incendie animal [...]

〔……〕やさしい茨、おまえの親指の骸骨と動物的火事のこれらすべての予兆的記号〔……〕

「彼がきみにくれなかったダイヤモンド、……」第二段落最後に来る恐らく十三世紀イタリアのアッシジのクララを指すであろう固有名「聖クララ」Sainte-Claire の出現は、それが子音［s］と

［k］を含む点で、このテクストを特徴付ける子音［s］の反復、とりわけ、parce qu'il, l'arabesque, squelette などの語や語群のうちに見出される子音の連鎖 /sk(g)/ によって決定付けられていると考えられる。

Le diamant qu'il ne t'a pas donné, c'est parce qu'il l'a eu à la fin de sa vie, [...].
De l'arabesque qui fermait les lieux d'ivresse, la ronce douce, squelette de ton pouce et tous ces signes précurseurs de l'incendie animal qui dévorera en un clin de retour de flamme ta grâce de la Sainte-Claire.

彼がきみにくれなかったダイヤモンド、それは彼が自分の人生の終わりになってそれを持ったからだ、〔……〕。
陶酔の場所を閉ざしつつあったアラベスクから、やさしい茨、おまえの親指の骸骨と炎の戻りの一瞥のうちにおまえの聖クララの優雅さをむさぼり喰うだろう動物的火事のこれらすべての予兆的記号。

(I, p. 184-185)

「人間の像《イマージュ》は、……」の冒頭部分で、resplendir（「輝く」）という動詞の現在形 resplendit は、子

音の連鎖 /p(m)l/ を増殖させるきっかけとなっている。

L'image d'homme, au-dehors du souterrain, resplendit. Des plaines de plomb semblent lui offrir l'assurance qu'elle ne sera plus renversée, mais ce n'est que pour la replonger dans cette grande tristesse qui la dessine.

人間の像《イマージュ》は、地下の外で輝く。鉛の平原は人間の像《イマージュ》に自分がもはや転覆されないだろうという確信を与えているようだ。しかしそれは、人間の像《イマージュ》を自分を素描しているあの大きな悲しさのうちに再び沈めるために過ぎない。

同じテクストのうちに、テクストの産出に貢献している他の一連の音的要素を指摘することができる。子音［f］の繰り返し（La force d'autrefois, oui la force d'autrefois se suffisait à elle-même.「昔の力は、そう、昔の力は十分に自足していた。」）、［d］の繰り返し（Elle entre dans des bois épais, dont [...]「それ〔人間の像《イマージュ》〕は深い森のなかに入る、その〔……〕」）がそれである。記号表現《シニフィアン》の増殖によってテクストを産出して行くというこのような実践は、「風通しのよいイコン……」というテクストのうちで徹底的になされている。二つの音の連なりが「正午の夜明け、真夜中の夜明け、決して何ものをも始めず何ものをも終わらせることのなかった夜明け」という非常に特殊な夜明けのイマージュを生じさせている。この二つの音的連鎖とは、母音の連鎖/io(ɔ)/と両唇音［p］、［b］、［m］である。

母音の連鎖/io/あるいは/iɔ/は、「風通しのよいイコン……」の第一段落で繰り返し回帰している。

L'icône aérée qui se conjugue isolément peut faire une place décisive à la plus fausse des couronnes ovales, crâne de Dieu, polluée par la terreur. L'os gâté par l'eau, ironie à flots irrités qui domine de ses yeux froids comme l'aiguille sur la machine des bonnes mères la tranche du globe que nous n'avons pas choisi.

孤立して活用する風通しのよいイコンは、卵形の冠のうちでもっとも贋物であるもの、神の頭蓋骨であり、恐怖によって汚染されたものにひとつの決定的な場所を作ることができる。水でだめになった骨、苛立った波となって打ち寄せるイロニー、それは善良な母親たちの機械の上の針のようにわれわれの選ばなかった地球の一片を見下ろしている。　(I, p. 183-184)

同じテクストの第二段落に至ると、/io/ あるいは /iɔ/ という母音の連鎖こそ少なくなるものの、母音［o］の反復は、少なくとも部分的に、aube「夜明け」という語の出現を準備していると言えよう。

Doux constructeurs las des églises, doux constructeurs aux tempes de briques roses, aux yeux grillés d'espoir, la tâche que vous deviez faire est pour toujours inachevée. Maisons plus fragiles que les paupières d'un mourant, allaient-ils s'y employer à qui perd gagne? Boîtes de perles avec, aux vitres, des visages multicolores qui ne se doutent jamais de la pluie ou du beau temps, du soleil d'ivoire ou de la lune tour à tour de soufre et d'acajou, grands animaux immobiles dans les veines du temps, l'aube de midi, l'aube de minuit, l'aube qui n'a jamais rien commencé ni rien fini, [...]

教会の疲れ切った穏やかな建設者たちよ、薔薇色の煉瓦のこめかみをもった、希望に焼かれた眼をもった穏やかな建設者たちよ、おまえたちがやらなくてはならなかった仕事は永遠に未完成だ。瀕死人の瞼より壊れやすい家々、彼らはそこで負けるが勝ちで激怒しようとしていたのだろうか？　雨かいい天気かということに、象牙色の太陽か代わる代わる硫黄色になったりマホガニー色になったりする月かということに決して気付かないいろいろな色の顔たちが窓ガラスに見える真珠の箱々《いえいえ》よ、時間の静脈の中の動かない大きな動物たちよ、正午の夜明け、真夜中の夜明け、決して何ものをも始めず何ものをも終わらせることのなかった夜明け、〔……〕

両唇音［p］、［b］、［m］の反復もまた、テーマ的な意味においてのみでなくそれが三回繰り返される点でも重要な aube「夜明け」という語の出現を準備している。

L'icône aérée qui se conjugue isolément peut faire une place décisive à la plus fausse des couronnes ovales, crâne de Dieu, pollué par la terreur. L'os gâté par l'eau, ironie à flots irrités qui domine de ses yeux froids comme l'aiguille sur la machine des bonnes mères la tranche du globe que nous n'avons pas choisi.

Doux constructeurs las des églises, doux constructeurs aux tempes de briques roses, aux yeux grillés d'espoir, la tâche que vous deviez faire est pour toujours inachevée. Maisons plus fragiles que les paupières d'un mourant, allaient-ils s'y employer à qui perd gagne? Boîtes de perles avec, aux vitres, des visages multicolores qui ne se doutent jamais de la pluie ou du beau temps, du soleil d'ivoire ou de la lune tour à tour de soufre et d'acajou, grands animaux immobiles dans les veines du temps, l'aube de midi, l'aube de minuit, l'aube qui n'a jamais rien commencé ni rien fini, [...]

孤立して活用する風通しのよいイコンは、卵形の冠のうちでもっとも贋物であるもの、神の頭蓋骨であり、恐怖によって汚染されたものにひとつの決定的な場所を作ることができる。水でだめになった骨、苛立った波となって打ち寄せるイロニー、それは善良な母親たちの機械の上の針のようにわれわれの選ばなかった地球の一片を見下ろしている。

教会の疲れ切った穏やかな建設者たちよ、薔薇色の煉瓦のこめかみをもった、希望に焼かれた眼をもった穏やかな建設者たちよ、おまえたちがやらなくてはならなかった仕事は永遠に未完成だ。瀕死人の瞼より壊れやすい家々、彼らはそこで負けるが勝ちで激怒しようとしていたのだろうか？　雨かいい天気かということに、象牙色の太陽か代わる代わる硫黄色になったりマホガニー色になったりする月かということに決して気付かないいろいろな色の顔たちが窓ガラスに見える真珠の箱々《いえいえ》よ、時間の静脈の中の動かない大きな動物たちよ、正午の夜明け、真夜中の夜明け、決して何ものをも始めず何ものをも終わらせることのなかった夜明け、〔……〕

このように、母音の連鎖 /io/ あるいは /iɔ/ と両唇音［p］、［b］、［m］という二つの音的連鎖の交差するところで、「正午の夜明け、真夜中の夜明け、決して何ものをも始めず何ものをも終わらせることのなかった夜明け」という語群が生れて来ることがわかる。

[...] l'aube de midi, l'aube de minuit, l'aube qui n'a jamais rien commencé ni rien fini, [...]

「人間の像《イマージュ》は、……」にあっては、いくつかの語あるいは語群が、先行する部分に現われた音的連鎖を反復している。sabres（「剣」）の音の連なり /sabr/ は、動詞 s'abrite［sabrite］（「避難する」）を生み出す。

Au-dehors du souterrain, l'image d'homme manie cinq sabres ravageurs. Elle a déjà creusé la masure où s'abrite le règne noir des amateurs de mendicité, de bassesse et de prostitution.

地下の外で、人間の像《イマージュ》は五本の害悪をもたらす剣をふるう。それ［人間の像《イマージュ》］は既に物乞いと下劣さと売春の愛好家たちの黒い支配が避難する廃屋を穿った。

(I, p. 194)

同じ「人間の像《イマージュ》は、……」に現われる Qu'en faire?（「どうしたものだろう?」）という疑問文

に含まれる /ɑ̃fɛr/ という音の連なりは、enfer［ɑ̃fɛr］（「地獄」）という語を生じさせる。

« A cinq ans, sa mère lui confia un trésor. Qu'en faire? Sinon de l'amadouer. Elle rompit de ses bras d'enfer la caisse de verre [...] »

「五歳のとき、母親がやつにひとつの宝物をゆだねた。どうしたものだろう？ 彼女の御機嫌をとる以外に。彼女はその地獄のような両腕でガラスケースを破った〔……〕。」(I, p. 194)

désaltère（「潤わせる」）と la terre（「大地」）という二つの語（群）の対は /tɛr/ という音の連鎖を共有している（[...] La puie désaltère la terre.「雨が大地を潤わせている〔……〕」、I, p. 195)。名詞 papillon（「蝶」）に見られる子音［p］の二重の出現は、Pépin（「種」）と paupières（「瞼」）という他の二つの名詞を引き出している（Enfin, le papillon d'orange secoua ses pépins sur les paupières des enfants [...]「最後に、オレンジの蝶が自分の種を子供たちの瞼の上で揺らした〔……〕」、I, p. 195)。反復される音の連鎖の順序が、一種の鏡の効果によって、逆にされることもある。例えば、/ima/ という音の連鎖は /mai/ に（[...] l'image d'homme manie cinq sabres ravageurs.「〔……〕人間の像《イマージュ》は五本の害悪をもたらす剣をふるう」）、/ɛj/ は /jɛ/ に（Les merveilles la suivirent. L'œillet de poète sacrifia [...]. 「驚異たちは彼女について行った。アメリカなでしこは犠牲にした〔……〕」、I, p. 194-195)、/al/ は /la/ ([...] La puie désaltère la terre. 「雨が大地を潤わせている〔……〕」、I, p. 195) となる。

このように、自動記述は、記号表現《シニフィアン》の増殖や反響によって、語たちを連鎖させ継起させつつ自身を創出するのである。

記号表現《シニフィアン》の戯れは、単に語たちを発出するのみならず、意味論的領野をも産出する。このことは、記号表現《シニフィアン》の滑走が十全に展開される「絶対的必要性、……」というテクストの第一段落を見れば明らかである。

L'absolue nécessité, l'absolu désir, découdre tous ces habits, le plomb de la verdure qui dort sous la feuillée avec un tapis rouge dans les cheveux d'ordre et de brûlures semant la pâleur, l'azurine de teinte de la poudre d'or du chercheur de noir au fond du rideau dur et renâclant l'humide désertion, poussant le verre ardent, hachure dépendant de l'éternité délirante du pauvre, la machine se disperse et retrouve la ronde armature des rousses au désir de sucre rouge.

絶対的必要性、絶対的欲望、これらすべての服をほどくこと、木々の緑の鉛はきちんとしていて火傷をいくつももつ髪のなかの赤い絨毯とともに葉叢の下で眠る、それは蒼白さを、固いカーテンの奥の黒の探求者の金粉の色合いを帯びた淡青《アズリン》を蒔き不満げに鼻を鳴らしながら湿った逃亡、熱いコップを押しのけて、縞模様は貧者のうわごとを言う永遠に依存して、機械は散らばって赤砂糖の欲望をもった赤毛の女たちの丸い骨組みを再び見出す。

(I, p. 189)

語彙的要素の間に編まれる非常に複雑な記号表現《シニフィアン》の網の目について検討し、これらの詩行にあって意味論的なるものがどれだけ記号表現《シニフィアン》の滑走・増殖に依存しているか見てみよう。テクストは、形容詞 absolu(e)（「絶対的な」）の反復と音の連鎖 /ei/ (nécessité, désir) で始まる。désir（「欲望」）の /de/ という音の連なりは、転移されて découdre（「ほどく」）という動詞のうちに現われ、découdre は tous ces habits（「これらすべての服」）という語群を /u/ という音の横滑りによってもたらす。habits（服）という名詞は、隣接性によって découdre（「ほどく」）とつながっているが、他方でそれは、先行する部分の一連の音 /abi/ を音的に反復している (l'absolue nécessité, l'absolu désir)。テクストのこの冒頭部分で問題になっている「欲望」は明らかに可視性への欲望だ。実際、この部分以降で問題になるのは可視的なるもの、より正確に言えば色である。まず最初に来る色は、le plomb de la verdure（「木々の緑の鉛」）とあるように、「木々の緑」だ。le plomb（「鉛」）という語の出現もまた l'absolu(e)（「絶対的な」）によって決定されている。色に関してもうひとつ dort（「眠る」）という動詞のことを指摘しよう。この動詞は、恐らく poudre d'or（「金粉」）の or（「金」）との音的な類似によって現われている。色に関わる意味論的領野の他に、découdre（「ほどく」）、habits（「服」）、tapis（「絨毯」）などの語を含む繊維に関わる意味論的領野も忘れてはならない。tapis（「絨毯」）という語は、/ab(p)i/ という音の連鎖を共有する habits（服）との音的なつながりによってここに出現したものだろう。このように色と繊維という二つの意味論的領野を指摘した上で、このテクストを特徴付けるいくつかの音の転移を確認しよう。それは次のようなものだ。/dɔr/ という音の連鎖に関しては、dort（「眠る」）→ d'ordre（「きちんとした」）→ d'or（「金の」）。/yr/ に関しては、verdure（「木々の緑」）→ brûlure（「火傷」）→ dur（「固い」）→ hachure（「縞模様」）→ armature（「骨組み」）→ sucre（「砂糖」）。/layi/ という連鎖については、l'absolue nécessité, l'absolu désir（「絶対的必要性、絶対的欲望」）→ l'azurine（「淡青《アズリン》」）。/udr/ については、découdre（「ほどく」）→ poudre（「粉」）。verdure（「木々の緑」）の /er/ と cheveux（「髪」）の /ʃ/ と pâleur（「蒼白さ」）の /œr/ の三つの音連鎖を合わせたところに chercheur [ʃerʃœr]（「探求者」）という語が出現する。[ɔ̃] という鼻母音の転移・増殖に関しては、plomb（「鉛」）→ fond（「奥」）→ rond（「丸い」）。/eɛie/ については、nécessité → éternité。/de/ という音の連鎖の滑走は、désir（「欲望」）→ découdre（「ほどく」）→ désertion（「逃亡」）→ dépendant（「依存する」）→ désir（「欲望」）。/ver/ については、verdure（「木々の緑」）→ verre（「コップ」）。

最後に、鼻母音［ɑ̃］については、次のようになる。dans（「の中の」）→ renâclant（「鼻を鳴らしながら」）→ poussant（「押しのけるような」）→ dépendant（「依存する」）→ délirante（「うわごとを言う」）。

記号表現《シニフィアン》のこのような継起的転移について、音的なものが明らかに意味論的なものにまさっていることを指摘しておきたい。記号表現《シニフィアン》の戯れが、とりわけ、désir（「欲望」）という語から動詞の不定法 découdre（「ほどく」）を出現させる音の連鎖 /de/ の滑走・増殖が、部分的に重なり合う色と繊維という二つの意味論的領野を生じさせ、テクストの展開の全体的流れを決定していることを強調しよう。色に関わる意味論的領野は次のような語によって構成されている。verdure（「木々の緑」）、rouge（「赤い」）、pâleur（「蒼白さ」）、l’azurine（「淡青《アズリン》」）、teinte（「色合い」）、or（「金」）、noir（「黒」）、rousses（「赤毛の女たち」）、rouge（「赤い」）。繊維についての意味論的領野には次のような語が集まっている。découdre（「ほどく」）、habits（「服」）、tapis（「絨毯」）、l’azurine（「淡青《アズリン》」）、teinte（「色合い」）、rideau（「カーテン」）、hachure（「縞模様」）。

（2）先行する語あるいは語群の音的な変形

記号表現《シニフィアン》のこのような増殖過程を別の視点から、すなわち音的な再生産過程として考えることができる。自動記述は、自身を再生産しながら、既に現われた音素を反復しながら展開される。

自動記述によって書かれたテクストはしたがって、テクストあるいは段落の最初に現われる一つのあるいはいくつかの語の再書記《レエクリチュール》であると考えられる。例えば、「風通しのよいイコン……」において母音の連鎖/io/（/jɔ/）あるいはこれらの母音のうちのどれか一つをもつ語たちは、「孤立して活用する」顔でもあり語でもあるような語「イコン」の記号表現《シニフィアン》の戯れによる変形、書き換えの産物であると言えるのではないだろうか。この意味で、「孤立して活用する風通しのよいイコン」という表現は、「風通しのよいイコン……」というテクスト自体のうちで展開される記号表現《シニフィアン》の増殖的過程のメタ言語を形作っていると言えるかもしれない。

　記号表現《シニフィアン》の滑走の反復的側面は、エリュアールのシュルレアリスム的テクストのいくつかにおいて強調されている。

「一本の剣の赤い脅威のもとで、……」というテクストを再び見てみよう。

Sous la menace rouge d'une épée, défaisant sa chevelure qui guide des baisers, qui montre à quel endroit le baiser se repose, elle rit. L'ennui, sur son épaule, s'est endormi. L'ennui ne s'ennuie qu'avec elle qui rit, la téméraire, et d'un rire insensé, d'un rire de fin du jour semant sous tous les ponts des soleils rouges, des lunes bleues [...].

口づけたちを導き、口づけがどの場所に置かれるかを示す彼女の髪をほどく一本の剣の赤い脅威のもとで、彼女は笑う。退屈は、彼女の肩の上で眠り込んだ。退屈は笑う彼女と一緒のときにのみ退屈する。大胆な女であり、気違いじみた笑いで、すべての橋の下に〔……〕赤い太陽を、青い月を蒔く一日の終わりの笑いで。

(I, p. 179)

Sous la menace rouge d'une épée（「一本の剣の赤い脅威のもとで」）という冒頭部分は自動記述によってテクストが展開される中で、[...] jour semant sous tous les ponts des soleils rouges, des lunes bleues [...]（「すべての橋の下に〔……〕赤い太陽を、青い月を蒔く一日〔……〕」）と書き換えられる。この二つの部分は両者とも子音［s］の反復によって特徴付けられている。冒頭部分にあっては、sous（「のもとで」）とmenace（「脅威」）のうちで、二番目の部分においては、semant（「蒔く」）、sous（「の下に」）、soleils（「太陽」）のうちで［s］が繰り返されている。これら二つの連辞のうちにはまた母音［u］の反復（冒頭部分ではrouge（「赤い」）、二番目の部分ではjour（「一日」）、sous（「の下に」）、tous（「すべての」）、rouges（「赤い」））、そして子音［p］の反復も見られる（冒頭部分はépée（「剣」）、二番目の部分はponts（「橋」））。この二つの部分はまた、/mas/（menace（「脅威」）、semant（「蒔く」））、/ruʒ/（rouge（「赤い」）、jour（「一日」）、rouges（「赤い」））、/yn/（une（「一本の」）、lunes（「月」））などの音の連鎖によっても特徴付けられている。

同様に、「彼がきみにくれなかったダイヤモンド、……」第二段落冒頭に現われるl'arabesque（「アラベスク」）という名詞的連辞は、それ自体恐らく第一段落のparce que（「なぜなら」）から出て来たものであろうが、ivresse（「陶酔」）、squelette（「骸骨」）、bourrasque（「突風」）などの語を出現させている。

Le diamant qu'il ne t'a pas donné, c'est parce qu'il l'a eu à la fin de sa vie, […]
De l'arabesque qui fermait les lieux d'ivresse, la ronce douce, squelette de ton pouce et tous ces signes précurseurs de l'incendie animal qui dévorera en un clin de retour de flamme ta grâce de la Sainte-Claire.
Dans les lieux d'ivresse, la bourrasque de palmes et de vin noir fait rage. […]

彼がきみにくれなかったダイヤモンド、それは彼が自分の人生の終わりになってそれを持ったからだ、〔……〕。
陶酔の場所を閉ざしつつあったアラベスクから、やさしい茨、おまえの親指の骸骨と炎の戻りの一瞥のうちにおまえの聖クララの優雅さをむさぼり喰うだろう動物的火事のこれらすべての予兆的記号。

陶酔の場所で、棕櫚の葉と黒いワインの突風が怒り狂っている。〔……〕 (I, p. 184-185)

子音［s］の散種によって、l'arabesque（「アラベスク」）と多かれ少なかれ意味論的に近いronce（「茨」）、squelette（「骸骨」）、signes（「記号」）などの語が同じ段落に引き寄せられて来ていることも付け加えておこう。

最後に、「人間の像《イマージュ》は、……」第三段落において、image（「像《イマージュ》」）という語の含む音素群がいわば分解され、他の語たちのうちに散種されつつ増殖することによって、この語の書き換え・変形の結果生じたと言ってもよい語たちが連なるさまを確認してみよう。

Au-dehors du souterrain, l'image d'homme manie cinq sabres ravageurs. Elle a déjà creusé la masure où s'abrite le règne noir des amateurs de mendicité, de bassesse et de prostitution. Sur le plus grand vaisseau qui déplace la mer, l'image d'homme s'embarque et conte aux matelots revenant des naufrages une histoire de brigands : « A cinq ans, sa mère lui confia un trésor. Qu'en faire? Sinon de l'amadouer. Elle rompit de ses bras d'enfer la caisse de verre où dorment les pauvres merveilles des hommes. Les merveilles la suivirent. L'œillet de poète sacrifia les cieux pour une chevelure blonde. Le caméléon s'attarda dans une clairière pour y construire un minuscule palais de fraises et d'araignées, les <u>pyramides</u> d'Egypte faisaient rire les <u>passants</u>, car elles ne savaient <u>pas</u> que la pluie désaltère la terre. Enfin, le <u>papillon</u> d'orange secoua ses pépins sur les paupières des enfants qui crurent sentir <u>passer</u> le <u>marchand</u> de <u>sable</u>. »

地下の外で、人間の像《イマージュ》は五本の害悪をもたらす剣をふるう。それ〔人間の像《イマージュ》〕は既に物乞いと下劣さと売春の愛好家たちの黒い支配が避難する廃屋を穿った。海を移動させるもっとも大きな船に人間の像《イマージュ》は乗り込み、難破から還った船乗りたちに山賊たちの物語を語る。「五歳のとき、母親がやつにひとつの宝物をゆだねた。どうしたものだろう？　彼女の御機嫌をとる以外に。彼女はその地獄のような両腕で人間たちの貧しい驚異が眠っているガラスケースを破った。驚異たちは彼女について行った。アメリカなでしこはブロンドの髪のために天を犠牲にした。カメレオンは、苺と蜘蛛の微小な宮殿を建てるために林間の空き地にいつまでもぐずぐずしていた。エジプトのピラミッド群は通行人を笑わせた、というのは、それらは雨が大地を潤わせることを知らなかったからだ。最後に、オレンジの蝶が自分の種を子供たちの瞼の上で揺らした。子供たちは砂売りが通っているような気がすると思った。」

このテクストのうちに、image［imaʒ］（「像《イマージュ》」）という語に認められる /m(b)(p)a/ あるいは /aʒ/

という記号表現《シニフィアン》の連鎖を含む次のような一連の語を指摘することができる。manie（「ふるう」）、sabres（「剣」）、ravageurs（「害悪をもたらす」）、déjà（「既に」）、masure（「廃屋」）、s'abrite（「避難する」）、amateurs（「愛好家」）、bassesse（「下劣さ」）、déplace（「移動させる」）、la mer（「（その）海」）、s'embarque（「乗り込む」）、matelots（「船乗り」）、naufrages（「難破」）、sa mère（「彼の母親」）、amadouer（「御機嫌をとる」）、bras（「腕」）、caméléon（「カメレオン」）、palais（「宮殿」）、pyramides（「ピラミッド」）、passants（「通行人」）、pas（ne とともに否定文を形作る副詞）、papillon（「蝶」）、passer（「通る」）、marchand（「商人」）、sable（「砂」）。自動記述によって開始された記号表現《シニフィアン》の滑走により、image（「像《イマージュ》」）という語を構成する音素群がいわば分解され他の語のうちに散種されつつ増殖することによって、image という語の書き換えと言ってもよい語群がこのように連鎖された形で出現したと考えることができよう。

（3） 音的差し向けの二元的体系への矮小化

「シュルレアリスム革命」誌第一号にシュルレアリスム的テクストとして発表された「冬は平原の上に……」という行分け詩にあっては、このような音的滑走は、詩に固有の二元的体系にまで矮小化されてしまう。まず、この詩を邦訳したものを引用しておこう。

冬は平原の上にはつかねずみをもたらす。
ぼくは若さに出会った、
全裸のまま青い繻子の鬟のところで、
彼女《わかさ》は、ぼくの美しい奴隷である現在のことを嘲笑っていた。

視線は軍馬の手綱のなかに、
ぼくの血の棕櫚の葉の揺れを解放しながら、
ぼくは突然発見する、太陽の上に寝た建物正面たちの葡萄を、
旗の毛皮、感じることのできない海峡たちの。

慰め、失われた種子
後悔、溶けた雨、
苦しみ、ハート型の口
そしてぼくの幅広い手は闘う。

モデルの古代的頭部は

ぼくの謙虚さを前にして赤くなる。
ぼくは彼を知らない、ぼくはそれを突き飛ばす。
おお！　火事を起こす切手を幾枚も貼った手紙よ

それを美しいスパイは送らなかった。
彼は石斧を滑りこませた
彼の娘たちのシャツのなかに、
彼の悲しく怠惰な娘たちの。

地面に、地面に、泳ぐものすべては！
地面に、地面に、飛ぶものすべては！
ぼくは魚たちを必要としている、ぼくの冠を
ぼくの額のまわりにかぶっているために、
ぼくは鳥たちを必要としている、群衆に話しかけるために。

（I, p,185）

十二音綴詩句《アレクサンドラン》で書かれた最初の一行から既に、音的反響は内部韻に矮小化されている。

L'hiver sur la prairie apporte des souris.

冬は平原の上にはつかねずみをもたらす。　（I, p.185）

いくつかの例外は別にして（音の連鎖 /εl/（Elle riait du présent, mon bel esclave.「彼女《わかさ》は、ぼくの美しい奴隷である現在のことを嘲笑っていた。」）、母音 /u/（Je découvre soudain le raisin des façades couchées sur le soleil,「ぼくは突然発見する、太陽の上に寝た建物正面たちの葡萄を、」）。音の連鎖 /εl/ と母音 /u/ の両者とも、三回ずつ繰り返されている）、音あるいは音の連鎖は二回ずつ繰り返され、各々の詩行の枠内で二元的構造を形作っている。/ʒ/（J'ai rencontré la jeunesse.「ぼくは若さに出会った、」）、/p(b)l/（Toute nue aux plis de satin bleu,「全裸のまま青い繻子の襞のところで、」）、/ε̃/（Je découvre soudain le raisin des façades couchées sur le soleil, O! lettre aux timbres incendiaires「おお！　火事を起こす切手を幾枚も貼った手紙よ」）、/lε/（La tête antique du modèle「モデルの古代的頭部は」）、/o/（O! lettre aux timbres incendiaires）、/εr/（O! lettre aux timbres incendiaires）、/a/（Qu'un bel espion n'envoya pas.「それを美しいスパイは送らなかった。」）、

（Qu'un bel espion n'envoya pas. / Il glissa une hache de pierre「彼は石斧を滑りこませた」）、/il/（Il glissa une hache de pierre）、/i/（Dans la chemise de ses filles,「彼の娘たちのシャツのなかに、」）、/εb(p)w/（J'ai besoin des poissons pour porter ma couronne「ぼくは魚たちを必要としている、ぼくの冠をかぶっているために、」）、/εzw/（J'ai besoin des oiseaux pour parler à la foule.「ぼくは鳥たちを必要としている、群衆に話しかけるために。」）。

　二元的構造はとりわけ第三連で強調されている。第三連の各詩行で、子音/l/が二度ずつ繰り返されていることをまず指摘したい。

La consolation graine perdue,
Le remords pluie fondue,
La douleur bouche en cœur
Et mes larges mains luttent.

慰め、失われた種子
後悔、溶けた雨、
苦しみ、ハート型の口

そしてぼくの幅広い手は闘う。

対になった音あるいは音の連鎖の反復、例えば、［u］+/œr/（La douleur bouche en cœur）、あるいは［m］+［l］（Et mes larges mains luttent.）などの反復も指摘しておこう。これらの音的要素の二元的性格は、韻（perdue / fondue）や最初の三行の特徴をなす同格によって強調されている。

同格の例が示しているように、音の二元的構造は、構文的あるいは意味論的な二元構造と切り離せない。音的シンメトリーが構文的シンメトリーによって支えられるということも時に起こる。Fourrure du drapeau des détroits insensibles.（「旗の毛皮、感じることのできない海峡たちの。」）、この詩行では、子音［d］が二回ずつ繰り返されるのと同時に、前置詞＋名詞という構造が反復されている。Je l'ignore, je la bouscule.（「ぼくは彼を知らない、ぼくはそれを突き飛ばす。」）という詩行にあっては、音の連鎖/ʒl/の反復が、主語＋目的補語になる人称代名詞＋他動詞という構文によって補強されている。また、音的二元構造の鏡の効果が、意味論的次元において、鏡像的関係を作り出していることも注記すべきだろう。

La tête antique du modèle
Rougit devant ma modestie.

モデルの古代的頭部は
ぼくの謙虚さを前にして赤くなる。

このようなシンメトリーあるいは二元的構造への傾きは、詩の後半部に至るにつれて、ますます強調されるようになる。de ＋名詞という前置詩的連辞の純粋な繰り返しによって（Dans la chemise de ses filles, / De ses filles tristes et paresseuses.「彼の娘たちのシャツのなかに、／彼の悲しく怠惰な娘たちの。」）、et（そして）で結ばれ等位に置かれ、しかも音の連鎖 /rs/ を共有する二つの形容詞の結びつきによって（De ses filles tristes et paresseuses.「彼の悲しく怠惰な娘たちの。」）、あるいは、最後の詩行を特徴付ける文のほとんど単純な反復によって、この詩のもつ二元的構造への傾向が強調されているのである。

A terre, à terre tout ce qui nage!
A terre, à terre tout ce qui vole!
J'ai besoin des poissons pour porter ma couronne
Autour de mon front,

J'ai besoin des oiseaux pour parler à la foule.

地面に、地面に、泳ぐものすべては！
地面に、地面に、飛ぶものすべては！
ぼくは魚たちを必要としている、ぼくの冠を
ぼくの額のまわりにかぶっているために、
ぼくは鳥たちを必要としている、群衆に話しかけるために。

(I, p. 186)

これらの詩行の音的特徴としては、この詩においてしばしば一つの語あるいは連辞の中に凝縮されている母音［a］と［ɔ］（apporte（「もたらす」）、la consolation（「慰め」）、la modèle（「モデル」）、ma modestie（「ぼくの謙虚さ」））が、nage（泳ぐ）/vole（飛ぶ）というふうにはっきりと対置されていることが挙げられる。最後の二つの文が、［a］と［ɔ］という二つの母音の間に交錯構文《キアスム》法的関係を導入しているものの（nage（泳ぐ）、porter（かぶっている）/ vole（飛ぶ）、parler（話す））、二元的対立構造自体は維持されている。nage（泳ぐ）と vole（飛ぶ）という対

に置かれた二つの動詞において確認される母音［a］と［ɔ］の対立は、恐らく自動記述と〈魚は自動記述が白日のもとにさらそうとする思考を体現している。「風通しのよいイコン……」に現われる「自転する一匹の巨大な魚」（I, p. 184）は、「シュルレアリスム革命誌」第一号表紙の裏に載っている直立し、「シュルレアリスム」と大文字で書き込まれた大きな魚の絵に差し向けると同時に、「自身の思考のうちに溶け得る」人間の別名でもある「溶ける魚」にも差し向けつつ[1]、自動記述によって自身に立ち帰り自身に現前する思考のやや滑稽なイマージュとなっている。また、「冠」が、「絶対的必要性、……」にあっては、「眠りの廃虚を気にかけない夢の冠」（I, p. 190）として現われていることも想い起こそう）「群衆に話しかける」のにより適した詩的言語、すなわちとりわけその二元的リズムによって自動記述より理解するのに容易な諺的言語との対立に対応しているであろう。自動記述をその二元的構造によって批判するこの自動記述的テクストは、例えば一九二〇年の詩集『動物たちとその人間たち、人間たちとその動物たち』に見られるような諺的詩へのノスタルジーを明かしているのではないだろうか。

2　並置

エリュアールのシュルレアリスム的テクストのもっとも顕著な構文的特徴は恐らく語群の並置

であろう。ここでは、まず並置の現われるテクストを手短かに確認し、それから連辞を並置させることに存する自動記述のこの実践の部分的適用について考えてみたい。最後に、極めてエリュアール的なこの実践がどのような影響関係のもとに試みられるようになったのかを検討してみたい。

（1）シュルレアリスム的テクストにおける並置

名詞的要素の並置を含むシュルレアリスム的テクストは、「偉大なる女陰謀者たちよ、……」、「絶対的必要性、……」、「人間の像《イマージュ》は、……」の三つのテクストだ。これらのテクストの並置について、動詞的なものに対する名詞的なものの優位、そして連辞的なものに対する範列的なものの優位という二つの特徴を確認しておきたい。

「偉大なる女陰謀者たちよ、……」の半分以上を占める呼びかけの並置は、名詞的連辞によって構成されている。ここでの名詞的連辞は、形容詞＋名詞または名詞＋形容詞、名詞＋一つあるいは二つの前置詞的連辞、形容詞＋名詞または名詞＋形容詞＋前置詞的連辞などに分類される。

偉大なる女陰謀者たちよ、ぼくの躊躇する歩みのXと交差する運命なしの道路よ、石と雪でふくれた編み下げ髪よ、空間のなかの軽い井戸よ、旅行たちの車輪の輻よ、そよ風と嵐の道路よ、湿った野原の中の男らしい道路よ、街の中の女性的な道路よ、気の狂った独楽の紐よ、人間はおまえたちを頻繁に訪れることによって、自分の道と彼を目的へと運命付けるあの美徳を見失う。彼は自身の現前をほどく、彼は自身の像《イマージュ》を放棄し、星たちが彼を指針として導かれることを夢見る。

(I, p. 186)

「絶対的必要性、……」の第二段落にあっては、前置詞的連辞(de +名詞)の並置は、動詞的なものの中への名詞的なものの闖入、そして連辞的なものの中への範列的なものの闖入(あるいは、「連辞的な面へのある範列の延長」[2])を構成している。ほとんどの名詞は戦闘という観念に関わっている。

〔……〕彼〔人間〕は捕われたままでいるだろう、彼のたてがみのリボンによって、群れの、群衆の、行列の、火事の、種まきの、旅行の、省察の、叙事詩の、連鎖の、投げ捨てられた衣服の、引っこ抜かれた処女性の、戦いの、過去のあるいは未来の勝利の、液体の、満足の、恨みの、見捨てられた子供たちの、思い出の、希望の、家族たちの、人種の、軍隊の、鏡の、侍者の子供たちの、十字架の道行きたちの、鉄道の、痕跡の、呼びかけの、死骸たちの、窃盗の、石化の、香りの、約束の、慈悲の、復讐の、解放の――とぼくは言う――解放の、喇叭の音に合わせるときのように、喇叭は脳に命ずる、ある中古の偶然の継起的で女性的な仮面たちによって、仮面たちは人垣の瞳をもっていて、血まみれで、平和に通じた男の心には眠りの廃虚を気にかけない夢の冠よりも心地よい騎馬行列によってもはや気晴らしをさせられるがままにならないように。

(I, p. 190)

これほど徹底してはいないが、「風通しのよいイコン……」の次の並置もまた連辞的なものと動詞的なものを壊乱している。

雨かいい天気かということに、象牙色の太陽か代わる代わる硫黄色になったりマホガニー色になったりする月かということに決して気付かないいろいろな色の顔たちが窓ガラスに見える真珠の箱々《いえいえ》よ、時間の静脈の中の動かない大きな動物たちよ、正午の夜明け、真夜中の夜明け、決して何ものをも始めず何ものをも終わらせることのなかった夜明け、至るところでそして絶えず真ん中を、あらゆる事物の核心を鳴らしているこの鐘はおまえたちを困らせないだろう。

(2) 自動記述の部分的適用としての並置

しかし、並置というこの構文的形式の出現がシュルレアリスム的テクストという枠を超えるものであることを指摘する必要がある。シュルレアリスム的テクスト以外のテクストにも名詞的連辞の並置が導入されていることを確認することができる。このような例は、自動記述の部分的適用によるものであると考えることができる。

シュルレアリスム的テクストにおけると同様、「鞭の炎に」の次の詩行にあっては、並置された諸要素は現勢化された範列的領野の総体を形作っている。

害をなす金属、昼の金属、巣にある星、
恐怖用の切っ先、ぼろぼろになった果物、猛禽の愛、
ナイフ置き、むなしい汚れ、水びたしになったランプ、
愛の願い、嫌悪の果物、売春する鏡。

(I, p. 180-181)

これらの詩行のうちに、武器という意味素をとりわけ確認しておこう。この意味素は、「金属」、「切っ先」、「ナイフ置き」など、列挙されたイマージュ群の中に現われるいくつかの語を結び付

けている。記号表現《シニフィアン》の連鎖についても見てみよう。

Métal qui nuit, métal de jour, étoile au nid,
Pointe à frayeur, fruit en guenilles, amour rapace,
Porte-couteau, souillure vaine, lampe inondée,
Souhaits d'amour, fruits de dégoût, glaces prostituées.

ここでは、次の音の連鎖を指摘しておきたい。/al/（métal（「金属」）、étoile（「星」）、glaces（「鏡」））、/ni/（nuit（「害をなす」）、nid（「巣」）、guenilles（「ぼろ」）、inondée（「水びたしになった」））、/fr/（frayeur（「恐怖」）、fruit(s)（「果物」））、/su/（souillure（「汚れ」）、souhaits（「願い」））、/qi/（nuit（「害をなす」）、fruit(s)（「果物」））。

「いつでも純粋な彼女たちの目」の第一連もまた、ほぼ名詞的連辞の並置から成っている。

Jours de lenteur, jour de pluie,
Jours de miroirs brisés et d'aiguilles perdues,
Jours de paupières closes à l'horizon des mers,

D'heures toutes semblables, jours de captivité,

遅さの日々、雨の日
砕けた鏡と失われた針たちの日々
海の水平線に閉じられた瞼の日々
まったく似たような時間たちの、囚われの日々、

(I, p. 186)

jour(s)（「日（々）」）という語の繰り返しによって特徴付けられるこれらの詩行にあっても、語を継起させるのは音の親近性である。ここでは、母音［o］の反復（paupières（「瞼」）、closes（「閉じられた」））に加え、/ɥi/（pluie（「雨」）、aiguilles（「針」））、/m(b)ir/（miroirs（「鏡」）、brisés（「砕けた」））、/ɛr/（perdues（「失われた」）、paupières（「瞼」）、mers（「海」））などの音の連鎖を指摘しておこう。

「きみの眼の曲線は……」という詩の第一連には、とりわけ音の面で互いに関係し合っている三つの名詞的連辞の並置が確認される。

[…]

Un rond de danse et de douceur,
Auréole du temps, berceau nocturne et sûr,
[...]

〔……〕
踊りと優しさの輪、
時間の光輪、夜のそして確かな揺りかご、
〔……〕

(I, p. 196)

ここでは、母音［ɔ］（auréole（「光輪」）、nocturne（「夜の」））、子音［d］（［t］）（de（「〜の」）、danse（「踊り」）、douceur（「優しさ」）、temps（「時間」）、nocturne（「夜の」））、子音［s］（danse（「踊り」）、douceur（「優しさ」）、berçeau（「揺りかご」）、sûr（「確かな」））、そして音の連鎖 /yr/（nocturne（「夜の」）、sûr（「確かな」））などの反復を確認したい。

同じ詩の第二連、第三連には、より大規模な並置が見られる。

Feuilles de jour et moussse de rosée,

Roseaux du vent, sourires parfumés,
Ailes couvrant le monde de lumière,
Bateaux chargés du ciel et de la mer,
Chasseurs des bruits et sources des couleurs,

Parfums éclos d'une couvée d'aurores
Qui gît toujours sur la paille des astres,

[...]

日の葉と露の苔、
風の葦、香る微笑みたち、
光の世界を覆う翼、
空と海とを載せた船、
物音の狩猟家たちと諸々の色の泉、

一かえりの黎明から孵化した香り

黎明たちはいつでも諸天体の藁の上に横たわっている、
〔……〕　（I, p,196）

ここでも、音の類似の網の目が並置の生成を導いている。例えば、次のような母音、子音、音の連鎖を指摘できる。［a］（parfumés（「香る」）、bateaux（「船」）、chargés（「載せた」）、chasseurs（「狩猟家」）、parfums（「香り」）、pailles（「藁」）、astres（「諸天体」））、［ʃ］（chargés（「載せた」）、chasseurs（「狩猟家」））、/us/（mousse（「苔」）、sourires（「微笑み」））、/ɛl/（ailes（「翼」）、ciel（「空」））、/ku/（couvrant（「覆う」）、couleurs（「色」）、couvée（「一かえり」））、/œr/（chasseurs（「狩猟家」）、couleurs（「色」））、/roz/（rosée（「露」）、roseaux（「葦」）、母音［o］のみであれば、これに bateaux（「船」）、éclos（「孵化した」）を付け加えることができよう）など。

しかし、自動記述に固有の記号表現《シニフィアン》の滑走の詩の中への導入は、このような記号表現《シニフィアン》の滑走を伝統的韻律に従わせることによりその力をそぐことなしにはなされ得ない。並置された連辞はしばしば十二音綴詩句《アレクサンドラン》をなす。「いつも純粋な彼女たちの目」冒頭の四行詩節には、Jours de miroirs brisés et d'aiguilles perdues（「砕けた鏡と失われた針たちの日々」）と D'heures toutes semblables, jours de captivité（「まったく似たような時間たちの、囚われの日々」）という二つの十二音綴詩句《アレクサンドラン》が含まれる。並置された三つの要素が、「鞭の炎に」の Métal qui nuit, métal de jour, étoile au nid,

（「害をなす金属、昼の金属、巣にある星、」）/ Pointe à frayeur, fruit en guenilles, amour rapace（「恐怖用の切っ先、ぼろぼろになった果物、猛禽の愛」）がそうであるように、四音節の部分三つからなる十二音綴《アレクサンドラン》詩句をなすこともある。「きみの眼の曲線は……」の第一連に見られる名詞的連辞の並置は、Un rond de danse et de douceur,（「踊りと優しさの輪、」）/ Auréole du temps, berceau nocturne et sûr,（「時間の光輪、夜のそして確かな揺りかご、」）とあるように、十音綴詩句と十二音綴《アレクサンドラン》詩句をなしている。「ジェルトリュード・ホフマン・ガールズ」という詩第一連の女性の名の列挙は、すべて十二音綴《アレクサンドラン》詩句からなる四行詩節をなしている。

Gertrude, Dorothy, Mary, Claire, Alberta,
Charlotte, Dorothy, Ruth, Catherine, Emma,
Louise, Margaret, Ferral, Harriet, Sara,
Florence toute nue, Margaret, Toots, Thelma,

ジェルトリュード、ドロティ、マリー、クレール、アルベルタ、
シャルロット、ドロティ、リュット、カテリーヌ、エンマ、
ルイーズ、マルガレ、フェラル、アリエ、サラ、

全裸のフロランス、マルガレ、トゥート、テルマ、　(I, p. 182)

「きみの眼の曲線は……」の第二連と第三連にあっては、並置は、六音節＋四音節という構造の一連の十音綴詩句からなっている。

Feuilles de jour et moussse de rosée,
Roseaux du vent, sourires parfumés,
Ailes couvrant le monde de lumière,
Bateaux chargés du ciel et de la mer,
Chasseurs des bruits et sources des couleurs,

Parfums éclos d'une couvée d'aurores
Qui gît toujours sur la paille des astres,
Comme le jour dépend de l'innocence
Le monde entier dépend de tes yeux purs
Et tout mon sang coule dans leurs regards.

日の葉と露の苔、
風の葦、香る微笑みたち、
光の世界を覆う翼、
空と海とを載せた船、
物音の狩猟家たちと諸々の色の泉、

一かえりの黎明から孵化した香り
黎明たちはいつでも諸天体の藁の上に横たわっている、
白日が無垢に依存しているように
世界全体がきみの純粋な眼に依存している
そしてぼくの血すべてがその眼差しのなかを流れている。

(I, p,196)

「きみの眼の曲線は……」には、韻すら現われる。

La courbe de tes yeux fait le tour de mon <u>cœur</u>,

Un rond de danse et de douceur,
きみの眼の曲線はぼくの心を一周する、
踊りと優しさの輪、

Ailes couvrant le monde de lumière,
Bateaux chargés du ciel et de la mer,
光の世界を覆う翼、
空と海とを載せた船、

このように、自動記述によって引き出された名詞的諸要素は、しばしば伝統的韻律法の規則に従いつつ詩に挿入され、現動化された一連の範列の複合体を形成するのである。

「きみの眼の曲線は……」は別にして、「鞭の炎に」、「ジェルトリュード・ホフマン・ガールズ」、「いつも純粋な彼女たちの目」などの場合のように、並置された諸要素が詩の冒頭に来ることは注目に値する。これら並置された連辞は、韻律的規則に従って秩序付けられてはいるものの、いわば「素材」のようなものとして機能し、その「素材」について語るべく、詩的言説が一つのメタ言語として立ち帰って来る。

このような傾向は、「偉大なる女陰謀者たちよ、……」のようなシュルレアリスム的テクストにおいても確認される。

偉大なる女陰謀者たちよ、ぼくの躊躇する歩みのXと交差する運命なしの道路よ、石と雪でふくれた編み下げ髪よ、空間のなかの軽い井戸よ、旅行たちの車輪の輻よ、そよ風と嵐の道路よ、湿った野原の中の男らしい道路よ、街の中の女性的な道路よ、気の狂った独楽の紐よ、人間はおまえたちを頻繁に訪れることによって、自分の道と彼を目的へと運命付けるあの美徳を見失う。彼は自身の現前をほどく、彼は自身の像《イマージュ》を放棄し、星たちが彼を指針として導かれることを夢見る。

(I, p. 186)

このテクストに見られる「前省察的な詩的創造とそれを説明しようとする言説の論理的秩序化との間に確立される諸関係」に言及しつつ、ジャック・ガレッリは正当にも次のように主張する。「言葉の創造的力が繰り広げられ、『定立的』省察が最初の言葉の放出に立ち帰る時間を持つ前に、自身の素材を積み重ねる」(3)。

ガレッリのこの見解は、ここで検討しようとしているいくつかの詩についても当てはまるだろう。また、「偉大なる女陰謀者たちよ、……」と同様、「ジェルトリュード・ホフマン・ガールズ」と「鞭の炎に」という二つの詩は、話者がvous（「おまえたち」あるいは「あなたたち」）と呼びかけながら並置された諸要素に向かっているという点においても共通している。つまり並置された諸要素は対話者として扱われていることになる。

「ジェルトリュード・ホフマン・ガールズ」は、エチエンヌ＝アラン・ユベールによれば、ムーラン・ルージュで一九二五年〔ママ〕一二月二二日から一九二五年五月一〇日までアメリカの一座「ガートルード・ホフマン・ガールズ」によって行なわれた夜間興行の一連の演目をもとにして書かれたものであるという(4)。また、エリュアールは十八人のダンサーたちの名前をこの詩に注意深く引用し、これに座長のガートルードの名前を加えたという(5)。まずこの詩の第一連を読んでみよう。

ジェルトリュード、ドロティ、マリー、クレール、アルベルタ、
シャルロット、ドロティ、リュット、カテリーヌ、エンマ、
ルイーズ、マルガレ、フェラル、アリエ、サラ、
全裸のフロランス、マルガレ、トゥート、テルマ、
(I, p. 182)

ここで一人一人の女を決して十全に出現させることなく出現させ、いわば隠すことによって出現させ、それによって女たちの名を無限に連鎖させているようにも見えるのは、女性の名前への飽くことなき欲望である。また、記号表現《シニフィアン》を、とりわけ /ar/ という音の連鎖を形作る音的要素を連鎖させているのもまた女性の名前へのこの欲望であろう（Charlotte、Margaret、Ferral、Harriet、Sara)。

二番目と三番目の四行詩節は、名から名への、記号表現《シニフィアン》から記号表現《シニフィアン》へのこの差し向けの働きについて語るメタ言語として機能している。

夜の美人《おしろいばな》たち、火の美人たち、雨の美人たち、
心は震えて、両手を隠して、眼は風にさらして、
あなたたちは光の諸運動をぼくに見せる、
あなたたちは明るい視線をひとつの春と交換する、

あなたたちの腰回りを花の回りと、
大胆さと危険をあなたたちの蔭のない肉体と、

あなたたちは愛を剣の震えと交換する
そして無意識の笑いを夜明けの約束たちと。

(I, p. 182-183)

呼びかけと状況補語の並置からなる二行の後に(「夜の美人《おしろいばな》たち、火の美人たち、雨の美人たち、/心は震えて、両手を隠して、眼は風にさらして、」)、動詞的連辞と目的補語・状況補語の反復によって構成された三つの文が来る。第一の四行詩節に言及するメタ言語はここに位置付けられる。まず、第一連に確認される名から名へ、記号表現《シニフィアン》から記号表現《シニフィアン》へと赴く「運動」に差し向ける「光の諸運動」という表現にメタ言語的側面を認めることができる。第一連に現われた女たちの中に「全裸」であるものとして、すなわち可視的なものとして現われる者が一人いることも想い起こすべきだろう(「全裸のフロランス」)。第二点として、メタ言語的次元は、「交換」という概念の中にも確認される。交換という行為は既に第一連の中に名前と名前との交換として素描されている。交換という概念はしかしここで意味論的次元に転移されている。したがって、交換をつかさどる原理は、この三つの文においては、隠喩的なものであることになる。三つの文は、隠喩の代用的過程のメタ言語あるいは舞台化(指向対象《レフエラン》の次元ではこの詩がまさに舞台に関するものであることを想い起こそう)として機能していると言うこともできよう。これを言い換えれば、名から名へ、記号から記号へと差し向ける機能が隠喩的過程をもつかさどっているということになる。

この「交換」がどのようになされているのか、もう少し詳しく見てみよう。ミュージック・ホールの舞台でもあると同時にテクスト的舞台でもあるこの舞台の上で、反復され「あなたたち」(vous) と呼ばれる女たちの名前は、自身の交換の働きを意味論的な交換の機能で二重化する。名前たちあるいは名前によって指示された女性たちは、自身の運動のこの意味論化、隠喩化のうちで、多かれ少なかれ等価性を示す二つの項を交換する。例えば、「明るい視線」と「春」は、明るさという意味素を共有する。「あなたたちの腰回り」と「花の回り」については、テクスト的文脈のうちに確立された等価性に関わっている。花と女性を同時に意味し、「フロランス」(Florence) と「マルガレ」(Margaret) という名のうちに既にあった花であると同時に女であるという両義性を発展させているように思える「夜の美人たち《おしろいばな》」(belles-de-nuit) という複合語が、「あなたたちの腰回り」と「花の回り」の両者を接近させることに恐らく貢献していよう。「大胆さと危険」と「あなたたちの蔭のない肉体」との関係はより複雑なものであるように思われる。「大胆さ」と「危険」という二つの名詞は「蔭のない肉体」に、「大胆さ」はその原因であり「危険」は結果であるというふうに、一つの因果関係によって結びついている。他方で、「蔭のない肉体」は、「大胆さ」あるいは「危険」という抽象概念の象徴として機能しているとも考えられる。「愛」と「剣の震え」の関係を考えてみると、「剣の震え」が「愛」の観念の含意する死の危険を表象していることは十分考えられる。また、「愛」とペニスの痙攣的運動との隣接的関係も指摘しておこう。

「無意識の笑い」と「夜明けの約束」との関わりについては、ダダ期以来のエリュアールの詩作品の文脈と同時代のシュルレアリスムの傾向の双方を考慮に入れねばなるまい。エリュアールの詩については、「展開ダダ」のようなテクストにおける笑いの重要性を強調しておく必要がある。原則的に言語のあらゆる現動化を否認する詩的言表行為を具現するダダ的笑いはここで「無意識の」ものと、したがってフロイト的あるいはシュルレアリスム的なものとなる。それでは、どうして「無意識の笑い」と「夜明けの約束」を結びつけるのか？　両者のこの接近に可能な解釈を与えるためには、「シュルレアリスム革命」誌序文の次の一節を想い起こさねばならない。「他の者たちは、そしてそれは予言者たちであるのだが、夜の諸力を未来の方へと盲目的に導く、黎明が彼らの口を通して話す、そしてうっとりとした世界は怯えるか喜ぶかする」(II, p. 793)。「予言者たち」のうちにシュルレアリストたちを認めることが可能であるならば、「無意識の笑いを夜明けの約束たちと」と「交換」するとは、「夜の諸力を未来の方へと盲目的に導」き、それによって「黎明」の兆しをもたらすことを意味すると考えることができるのではないか。「夜の諸力を未来の方へと盲目的に導く」という詩句は、同じ詩の第一連のメタ言語であるのみならず、シュルレアリスム的詩的行為のメタ言語としても機能していると言えよう。

したがって、この詩にあって、「あなたたち」(vous)は、アメリカの一座のダンサーたちを指示するだけでなく、また、並置された名前の総体を指示するのみでもなく、女性そのものの現前を遅延させ、女性たちの名前をほとんど無限に連鎖させ、隠喩的「交換」としてテクスト的舞台の上で反復される女性の名前への欲望を指示すると言えるだろう。「あなたたちは光の諸運動をぼくに見せる」という、「ぼく」(je)と「あなたたち」(vous)の区別を前提するような詩句があるにもかかわらず、「あなたたち」は単に「ぼく」と切り離された対話者に差し向けるだけではない。自身の欲望のうちであるいは「夢想」のうちで解体された「ぼく」は、ある意味で「あなたたち」と混じり合う。そして、「あなたたち」の方も、もはや一つの人称としてではなく、一つの戯れあるいは運動として現われる。この詩の最後の四行詩節の最初の詩句からも、そのことは明らかであるように思われる。

あなたたちの踊りはぼくの夢想たちの恐ろしい深淵であり
ぼくは落ち、ぼくの墜落はぼくの生を永遠化する。
あなたたちの足の下で空間はますます広大になる、
驚異たちよ、あなたたちは天空の泉の上で踊っている。

(I, p. 183)

この四行詩節の最初の詩句で、動詞 être（〜である）は、「あなたたちの踊り」と「ぼくの夢想たちの恐ろしい深淵」とを結び付けている。「あなたたち」と壊乱された「ぼく」との間のこの等価性は、二番目の詩句において、「ぼく」の「墜落」と死によって破られる。最後の二つの詩句にあっては、「ぼく」はもはや現われない。書く主体は、いわば非人称的であり、もはや「空間」あるいは「天空の泉」に過ぎないものとなっている。そして、一つの中心あるいは起源として考えられる非人称的主体と踊る「あなたたち」との間にはっきりとした区別が打ち立てられる。踊るダンサーたちの「足」は、もはや中心的な記号内容《シニフィエ》を探す語たちであるに過ぎぬかのようだ。

「偉大なる女陰謀者たちよ、……」というシュルレアリスム的テクストと「ジェルトリュード・ホフマン・ガールズ」という詩は、ジャンルの違いにもかかわらず、いくつかの近縁性を示している。「おまえたち」、「あなたたち」（vous）が現われることに加えて、構文的特徴としての並置、並置構文を記号から記号への差し向けとして表象し舞台化するテクストの自己言及機能、そして、「井戸」（「空間のなかの軽い井戸よ」）あるいは「泉」として表象された非人称的主体の純粋さを維持しようとする傾向などが、二つのテクストの間の近縁性として挙げられる。ここにエリュアール的自動記述の根本的特徴のいくつかが見られることは確かだろう。

やはり並置された諸要素が vous（「おまえたち」あるいは「あなたたち」）と呼びかけられている「鞭の炎に」という詩についても見てみよう。

害をなす金属、昼の金属、巣にある星、
恐怖用の切っ先、ぼろぼろになった果物、猛禽の愛、
ナイフ置き、むなしい汚れ、水びたしになったランプ、
愛の願い、嫌悪の果物、売春する鏡。

もちろん、ぼくの顔にこんにちは！
光はそこで風景よりもひとつの大きな欲望をより明るく鳴らす。
もちろん、こんにちは、おまえたちの銛に、
おまえたちの叫びに、おまえたちの跳躍に、隠れるおまえたちの腹に！

〔……〕

(I, p. 180-181)

既に解釈した第二連の最初の二行と同様、それに続く二行もまた最初の四行詩節において並置された諸要素に言及するメタ言語であると思われる。それは、「害をなす金属」あるいは「恐怖用の切っ先」などと意味的に関係づけられる「銛」という語が現われていることからも明らかで

あろう。
「いつでも純粋な彼女たちの目」という詩には vous（「おまえたち」あるいは「あなたたち」）は現われないのであるが、やはり最初の四行詩節が並置によって構成されており、第三・第四の四行詩節とそれに続く最後の十二音綴詩句《アレクサンドラン》が最初の四行詩節において並置された諸要素に言及するメタ言語をなしている。

遅さの日々、雨の日
砕けた鏡と失われた針たちの日々
海の水平線に閉じられた瞼の日々
まったく似たような時間たちの、囚われの日々、

葉の上でまだ輝いていたぼくの精神
と花、ぼくの精神は愛のように裸だ、
ぼくの精神は黎明を忘れそのことによって頭を垂れ
自分の従順でむなしい体を見つめる。

ところが、ぼくは世界でいちばん美しい眼を見た、
手にサファイアをもつ銀の神々、
本当の神々を、大地のなかの鳥たち
そして水のなかに、ぼくはそれらを見た。

彼らの翼はぼくの翼だ、何も存在しない
ぼくのみじめさを揺らす彼らの飛翔以外には、
彼らの星と光の飛翔
彼らの大地の飛翔、彼らの石の飛翔
彼らの翼の波にのって

ぼくの思考は生と死にささえられて

(p. 186-187)

この詩の第三連と第四連は、第一連で列挙された諸要素の意味するところ自体をではなく、エリュアール的自動記述の典型的な構文的特徴としての並置自体を表象しているように思われる。名詞的連辞の並置はここでは、「いちばん美しい眼」、詩によって啓示され、「黎明」あるい

は精神の起源的光輝を忘れた主体の凝結した同一性（「ぼくの精神は黎明を忘れそのことによって頭を垂れ／自分の従順でむなしい体を見つめる。」）に取って代わるような眼の継起的変容によって表象されている。「眼」（yeux）はまず「銀の神々」（dieux d'argent）へと変化する。「眼」と「神々」はここで類音重語法によって結び付けられている（yeux, dieux）。「神々」は、[o] と [a] という二つ母音の反復が示すように（beaux yeux（「美しい眼」）、oiseaux（「鳥たち」）、dieux d'argent qui tenaient des saphirs（「サファイアをもつ銀の神々」）、véritables dieux（「本当の神々」）、oiseaux（「鳥たち」））、「眼」と「神々」の資質を兼ねる「鳥たち」に変貌する。「神々」、「眼」、「鳥たち」という一連の要素は、対象化された諸要素を形作るのではなく、「彼らの翼はぼくの翼だ」とある以上、自己イマージュの連鎖をなしていると言える。とは言え、「彼らの飛翔」――これは、テクスト冒頭に現われる並置を表象するイマージュとしては「眼」の継起的変貌に続く二番目のものだ。この「彼らの飛翔」というイマージュは、相継起する諸項をではなく、項から項への差し向けの働き自体を表象するものである――は、絶対的主観性あるいは「飛翔」の純粋な連続性を肯定するために、詩によってもたらされる諸要素の他者性、つまり各々の語の言語的物質性を全く廃棄してしまうものではない。「彼らの飛翔」とは、差し向けあるいは言語の非人称的戯れに同一化した思考であると同時に、「星」、「光」、「大地」、「石」など現勢化した諸対象の各々であり、語たちの各々であり、隠蔽する仮面たちの各々である。したがって、差し向けとして考えられた自動記述を特徴付けるのは一種の両義性だ。自動記述は、「飛翔」であると同時に「波」だ。このことは一方でvol（「飛翔」）とflots（「波」）という二つの語彙素の音的類似性によって、他方で、「鳥たち」が「水のなかに」いることによって確証される。自動記述はまた、言語の運動であり、それを止める各々の語である。そこから、「ぼくの思考」が「生と死にささえられ」るということになる。思考は、純粋な生であるどころか、純粋な思考として死ぬことを強いられるのであるから。

「きみの眼の曲線は……」という詩は、名詞的連辞の並置によって始まらないという点でこれまで挙げた例とは異なるものの、根本的なところでは何も変わらない。ここでもまた、言語的素材とメタ言語的言表との関係が問題になっている。

きみの眼の曲線はぼくの心を一周する、
踊りと優しさの輪、
時間の光輪、夜のそして確かな揺りかご
そしてぼくが自分の生きたすべてをもはや知らないのは
きみの眼がいつでもぼくを見ていたわけではないからだ。

日の葉と露の苔、
風の葦、香る微笑みたち、
光の世界を覆う翼、
空と海とを載せた船、
物音の狩猟家たちと諸々の色の泉、

一かえりの黎明から孵化した香り
黎明たちはいつでも諸天体の藁の上に横たわっている、
白日が無垢に依存しているように
世界全体がきみの純粋な眼に依存している
そしてぼくの血すべてがその眼差しのなかを流れている。

(I, p.196)

最初の五行詩節の列挙（「踊りと優しさの輪、／時間の光輪、夜のそして確かな揺りかご」）は、詩についての省察をなす詩行のうちにはめ込まれている。と言うよりむしろ、並置された三つの名詞的連辞のうち最初のもの（「踊りと優しさの輪」）は、最初の詩行（「きみの眼の曲線はぼくの心を一周する、」）から派生して来ていると言うべきだろう。最初の詩行に現われる「曲線」と「一周する」から、旋回的運動という意味素を共有する「踊りと優しさの輪」という名詞的連辞が生まれて来たのではないだろうか。それに対して、「時間の光輪、夜のそして確かな揺りかご」という二つの名詞的連辞は、それに続く省察（「そしてぼくが自分の生きたすべてをもはや知らないのは／きみの眼がいつでもぼくを見ていたわけではないからだ。」）を引き出しているように思われる。「光輪」は、それが全的な光ではなく光の輪に過ぎないという点で、不完全な可視性を意味し得る。「時間の光輪」はしたがって、女性の現前の間歇性と切り離せない間歇性によって特徴付けられる詩に固有の時間を意味し得るだろう。三つの名詞的連辞の並置に続く二行の詩句はまさにそのことを言っている（「そしてぼくが自分の生きたすべてをもはや知らないのは／きみの眼がいつでもぼくを見ていたわけではないからだ。」）。二番目の五行詩節と三番目の五行詩節については、まず並置された名詞的連辞の最後のもの（「一かえりの黎明から孵化した香り／黎明たちはいつでも諸天体の藁の上に横たわっている、」）が並置に立ち帰りそれを表象していることを確認しよう。並置された諸要素の継起はここで一連の「黎明」として、生まれたての鳥の雛でもある生まれたばかりの光の継起として表象されている。このような「黎明」の連鎖は、現勢化された言語的実体を拒絶し廃棄しつつ、記号から記号へと、名詞的連辞から名詞的連辞へと移行する言語的働きを表象している。この差し向けの戯れは、それを止める究極的な記号内容《シニフィエ》に至ることなく、無限に延長され得る。二番目のメタ言語的言表は、詩を閉じる二つの詩句に現われる。「世界全体がきみの純粋な眼に依存している／そしてぼくの血すべてがその眼差しのなかを流れている。」「鞭の炎に」の四行詩節の両義性が示しているように（「もちろん、ぼくの顔にこんにちは！／〔……〕／もちろん、こんにちは、おまえたちの銛に、」）、そして「いつでも純粋な彼女たちの目」という詩がそのように考えさせるように、眼（あるいは顔）はここで自己イマージュと他者のイマージュとの中間にある（「きみの純粋な眼」／「ぼくの血すべて」）。このように、言語的イマージュの積み重ねによって機能する自動記述は、同時に書く主体のものでもあり女性のものでもあるような視線によって表象される。「曲線」あるいは「踊りの輪」という形態のもとにあり、決してやむことなく循環する視線である。

（3）「大列挙」

したがって、エリュアールの自動記述のもっとも顕著な構文的特徴の一つであり、連辞的連鎖の枠内で記号表現《シニフィアン》あるいは記号の範列的増殖が展開される並置は、詩的言説が自身に立ち帰り、自身をシュルレアリスム的詩についての省察として定義付けるために、シュルレアリスム的テクスト以外のテクストにも導入されるのである。ここでは、自動記述のこのような実践がどこから来たのかを考えてみたい。というのは、エリュアールの詩作品に限って考えてみても、名詞的連辞の並置はシュルレアリスム時代に初めて現われたものではないからだ。

ここで、名詞的要素の並置が徹底して用いられたダダ時代の「証言」と題されたテクストに立ち帰ってみよう。このテクストには例えば並置を含む次のような段落が見られる。

出よう、フィリップ・スーポーは言った。部屋のなかの舞台、街のなかの舞台、そして時を過ごすためにどのような橋を？　いくつかの招待方法。賭けごと、踊り、言葉、花火――瞑想、心と花々の言語、映画、速度、闘い、――自殺に招待する。

(II, p. 771)

次の段落もまた名詞的要素の並置を含んでいる。

そしてスーポーは街のなかに、前に進んで、笑いながら、笑いは彼が不可欠な出来事たちで街を覆うのに役立って。笑いあるいは血のなかの穏やかさ、笑いあるいは恐怖のなかの理性、笑いあるいは情愛のなかの無頓着、笑いあるいは嘘のなかの愛。彼は自分の役を丹念に研究し、絶えず次の題名を繰り返していた。

J・J・グランヴィル
ある他の世界

(II, p. 772)

接続詞「あるいは」によって結ばれた名詞的連辞の対のこの並置は、名詞的要素の継起として見られた自動記述の二重性を表現している。自動記述は、ここでは笑いによって隠喩化されている差し向けの働きであると同時に、相継起する並置された諸要素でもある。

この引用部分に続く段落は、次のような並置によって構成されている。

> 変形、視像、受肉、昇天、移動、探検、遍歴、遠出、停留、宇宙創成論、幻影、夢想、戯れごと、悪戯、気紛れ。——変貌、輪廻転生、そして他のこと。
> （テクストはタクスィル・ドロールによる）（II, p. 772）

「証言」のこれらの並置からわかるのは、一九二〇年に既にエリュアールがシュルレアリスム時代により徹底して実践することになる自動記述を自分なりに試みていたということだ。一九二一年に刊行された『人生の必要事と夢の諸結果』には名詞的要素のこのような並置がわずかな例外を除いてほとんど見られないことを想うと、「証言」は、シュルレアリスム初期に実践されることになる自動記述を予期しているという点で、エリュアールのダダ時代のテクストのうちでも特別な位置を占めていると言うことができよう。

「変形、視像、受肉、〔……〕」で始まる並置についてもう少し考えてみよう。まず、名詞の連鎖がどのような文脈で現われるのかを確認したい。ここで問題になっているのはスーポーの笑い、「彼が不可欠な出来事たちで街を覆うのに役立」つような笑いであり、「穏やかさ」、「理性」、「無頓着」、「愛」などへと次々に変貌する笑いである。したがって、最後に引用した「変形、視像、受肉、〔……〕」で始まる列挙は、変貌や移動を意味する諸要素からなる一つの範列をなしつつ、次々に変貌して行くスーポーの笑いについての並置（「笑いあるいは血のなかの穏やかさ、笑いあるいは恐怖のなかの理性、笑いあるいは情愛のなかの無頓着、笑いあるいは嘘のなかの愛。」）に言及するメタ言語として機能している。次に、並置からなり「変形、視像、受肉、〔……〕」で始まるこの段落が、グランヴィルの一八四四年の作品『ある他の世界』に寄せられたタクスィル・ドロールのテクストの若干手を加えられた引用からなっていることを指摘しておきたい。「証言」において素描されたエリュアール的自動記述の特殊性を明らかにするために、この引用が他のもう一つの引用によって二重化されていることを強調しよう。その引用とは、グランヴィルの作品の題名を繰り返し口にする、したがって引用するスーポーによってなされた引用である（「彼は自分の役を丹念に研究し、絶えず次の題名を繰り返していた。／／J・J・グランヴィル／**ある他の世界**」）。この二つの引用的行為（スーポーによるものと「証言」というテクストを書くエリュアールによるもの）、引用のこの二つの次元（言表的次元における引用と言表行為の次元における引用）は重なり合っている。スーポーは「ある他の世界」と、したがってそのたびごとに他者であり新たなものであり唯一的であるような何かを繰り返し口にする。しかし、この他者であり唯一的であるような何かは同時に、それが引用されたものであり常に既に反復されたものである以上、同一的なものでもある。「ある他の世界」と呼ばれる反復された他なるもの、唯一的なものは、それが名詞であれ名詞的連辞であれ女性的なるものであれ、スーポーによって繰り返し口にされることによって増殖し、連辞的な連鎖を形作る。同様に、もはや言表的次元ではなく言表行為の次元にあって、そのたびごとに他なるものとして現われるものの同時に常に既に引用されたものとして出現する語たちの連鎖が展開される。したがって、エリュアールの自動記述のこの最初の現われは既に、「絶対的必要性、……」というテクストにある通り、「ある中古の偶然の継起的で女性的な仮面たち」として隠喩化されるに足るものであると言えるだろう。最後に、「証言」というテクストで問題になっているのが、グランヴィルと彼の作品に注釈を加えるタクスィル・ドロールのみではないということも指摘しておこう。エリュアールはここで、グランヴィルについて語るボードレールの批評的テクストをも前提している。ボードレールによれば、グランヴィルは、「常に頑なである彼の意思を一つの造形的形態のもとで夢と悪夢の継起を記録することに適用していた〔……〕」。次の一節も引用しておこう。「芸術家＝グランヴィルは欲していた、そう、彼は鉛筆が観念連合の法則を説明することを欲していた(6)」。「夢と悪夢の継起」、「観念連合の法則」というような表現は、エリュアールの自動記述の原理を説明するものではないか。実際、ボードレールの言述が、ドロールを引用しつつ、名詞あるいは名詞的連辞の並置からなる自動記述という詩的エクリチュールを彼自身が実践するようエリュアールをそそのかしたことは十分可能である。

グランヴィルについて語るボードレールに加えて、「証言」で、そして「新詩篇」でエリュアールが実践した並置の出現を決定付けたものとして、シュルレアリスム的方法の「最初の現われ[7]」である『磁場』の冒険物語群をではなく「やどかりは言う」を書いたブルトンとスーポーの詩的エクリチュールの実践を想い起こすことができる（「証言」というテクストが主にスーポーについて書かれ、さらにブルトンへの献辞を冠していることも偶然ではなかろう）。実際、とりわけ「感傷は無償である」、「喝采する」、「規定」、「永続する流行」など「やどかりは言う」の第二部のいくつかの詩篇において、名詞的要素が動詞的要素を圧倒するさまを見て取ることができる。ここでは、すべて名詞的要素からなる「感傷は無償である」を阿部良雄訳で引用しておこう。

痕跡　硫黄の匂
公衆衛生の沼地

犯罪的な唇の紅
行進二拍子漬物用塩水
猿たちの気まぐれ
掛時計昼の色

（『磁場』、『アンドレ・ブルトン集成』第三巻所収、二五八頁）

ボードレール、ブルトン、スーポーの他に、エリュアールによる名詞的要素の並置からなる自動記述の実践に影響を与え得た詩人がいるとすれば、それはロートレアモン、それも「大列挙」のロートレアモンである。一九三八年にエリュアールは次のように言うであろう。「同じ作家の、『ポエジー』のなかに。大列挙。「心の乱れ、苦悩、堕落……」文全体を、息継ぎなしに、考えることなしに」(8)。ロートレアモンの「大列挙」の一部をここでは豊崎光一訳で引用しよう。

心の乱れ、苦悩、堕落、死、肉体および精神の領域での例外、否定の精神、蒙昧、意志が手を貸す幻覚、責苦、破壊、大変動、涙、欲求不満、隷属、頬をこけさせる空想、大ぶろしき、思いがけぬこと、してはならぬこと、何か死んだ幻影の腐屍をうかがう謎の禿鷹の化学的諸特性、早熟で流産した実験、南京虫の面の皮をした晦渋さ、傲慢の怖るべき偏執、深い茫然自失の接種、追悼の辞、羨望、裏切り、専制、不敬、〔……〕。

（『ポエジー』、『ロートレアモン伯爵　イジドール・デュカス全集』所収、三〇〇頁）

この列挙には、一つのあるいは複数の形容詞に伴われた名詞的連辞（les expériences précoce et avortées「早熟で流産した実験」、les incartades agressives「つっかかる罵倒」、les inquiétudes étranges「奇怪な不安」）、前置詞的連辞に伴われた名詞的連辞（les exceptions dans l'ordre physique ou moral「肉体および精神の領域での例外」、les obscurités à carapace de punaise「南京虫の面の皮をした晦渋さ」、l'inoculation des stupeurs profondes「深い茫然自失の接種」、les heures soûles du découragement taciturne「黙りこくった意気沮喪の泥酔の幾刻」）、あるいは関係詩節に伴われた名詞的連辞（les singularités chimiques de vautour mystérieux qui guette [...]「〔……〕うかがう謎の禿鷹の化学的諸特性」）などが見られる。これらの構文的形態は、エリュアールのテクスト群にあって頻出するものである。しかし、より重要であるのは、ロートレアモンの「大列挙」の終わり方である。豊崎訳に少し手を加えて引用したい。

〔……〕老衰、不能、瀆神の言、窒息、息苦しさ、激怒――こうした、名指すだにぼくの顔の赤らむ不潔な納骨所を前にして、今こそついに、かくも堂々とわれわれを憤激させ、われわれにのしかかるものへ反撃すべき時だ。

（三〇一頁）

恐らく『ポエジー』におけるイジドール・デュカスの立場との関わりで読まれるべきこの一節は、エリュアールの「絶対的必要性、……」の名詞的連辞の並置の終わりとの近親性を示している。デュカスとエリュアールのテクストの間に一つの間テクスト的関わりを認めることもできるだろう。

〔……〕鏡の、侍者の子供たちの、十字架の道行きたちの、鉄道の、痕跡の、呼びかけの、死骸たちの、窃盗の、石化の、香りの、約束の、慈悲の、復讐の、解放の――とぼくは言う――解放の、喇叭の音に合わせるときのように、喇叭は脳に命ずる、ある中古の偶然の継起的で女性的な仮面たちによって、仮面たちは人垣の瞳をもっていて、血まみれで、平和に通じた男の心には眠りの廃虚を気にかけない夢の冠よりも心地よい騎馬行列によってもはや気晴らしをさせられるがままにならないように。(I, p. 190)

デュカスのテクストとエリュアールのテクストは、「ぼく」が言表したことへと「ぼく」が立ち帰るという共通点をもつ。並置の最後の項(「激怒」、「解放」)に促されるようにして、言葉の連続の中に「ぼく」が突然介入する。しかも、その介入は、デュカスのテクストにおいてもエリュアールのテクストにおいても、言葉の流れに断絶をもたらすダッシュによってなされている。この介入によって「ぼく」は、自身がたった今言表し、デュカスの場合であれば「不潔な納骨所」として、エリュアールの場合であれば「ある中古の偶然の継起的で女性的な仮面たち」として要約する語たちの連続の終わりを宣言しつつ実行するのである。二つのテクストにおいて、発話者が語たちの継起を厄介払いする行為に差し向ける動詞があること（デュカスの場合は「反撃する」）、エリュアールの場合は「もはや気晴らしをさせらるがままにならない」）、そして、語たちの連鎖から解放される時の到来を告げるさまを叙述する言葉が現われること（デュカスの場合は「今こそついに、〔……〕反撃すべき時だ」、エリュアールの場合であれば、「喇叭の音に合わせるときのように」）も指摘しておこう。両者のテクストが共有している「ぼく」のこのような介入は、二つのテクストの間に間テクスト的機能が作用していることを結論付けることを可能にしている。

3　差し向けの機能

それが音素であれ、語彙素であれ、名詞的連辞であれ、言語学的諸単位の連鎖として考えられた自動記述が、潜在的なものに留まると考えられた範列的領野のいくつかを現勢化することは確認されたと思う。言語学的諸単位のこのような継起は、単に一連の孤立した諸要素からなっているわけではない。言語学的諸単位の継起を通して、記号表現《シニフィアン》、記号、連辞などを連鎖させる差し向けの働きが機能していることを確認することができる。エリュアールの自動記述が言語学的諸要素の連鎖といった形のもとに現勢化し、「新詩篇」に収められたシュルレアリスム的テクストのみならず詩もまた隠喩化しようとしているのは、言語システムに固有のこのような差し向けの戯れ、あるいはむしろ、差し向けの網の目、諸々の関係付けの網の目として考えられた体系なのである。

(1)「語たちの創造者」

まず、記号表現《シニフィアン》から記号表現《シニフィアン》への、記号から記号へのこのような差し向けの隠喩化の諸様態について考えてみよう。

まず第一に、このような差し向けは、場合によっては絶えず更新される肖像として機能する諸事物や語たちを通して、循環する空気の流れのようなものとして表象される。差し向けの働きは、例えば、視線として現われる(「きみの眼の曲線はぼくの心を一周する、」、「きみの眼の曲線は……」)。それはまた、「風通しのよいイコン」として、あるいは空気として現われる。

〔……〕
ぼくは取り囲まれるただひとりの男だ
あまりにも何でもないんで空気がぼくを通して循環するようなあの鏡によって
そして空気はひとつの顔をもっている、ひとつの愛された顔を、
ひとつの愛する顔、きみの顔、
名前をもたない、そして他の者たちが知らないきみに、
海はきみに言う、わたしの上に、空はきみに言う、わたしの上に、
天体たちはきみを言い当てる、雲たちはきみを想像する
〔……〕

（「永遠の女、すべてであるような」、I, p. 196-197）

「あまりにも何でもない〔……〕鏡」とは、そこで言語学的諸形態の関係し合い連鎖する言語の空間を、自動記述あるいは非人称的となった主体と女性化された彼の鏡像との間にのみならず差し向けの機能と語たちとの間に「ぼく」＝「きみ」の関係が確立されるような言語の空間を表象しているのではないだろうか。記号表現《シニフィアン》から記号表現《シニフィアン》への、記号から記号への差し向けはまた風として隠喩化される。

彼は尋ねに行くだろう
顔評議会に
まだ可能なのかを
自分の若さを追うことが

そして平原のなかで
風の先導者であることが。

（「他のごくわずかな者たちのあいだで」、I, p. 191）

差し向けの機能はあるいはまた、構文的次元で、諸事物や語たちと結び付くことを試み、前置詞 de（「の」）によってそこに自身を映そうとする眼＝鳥の飛翔として表象される。

〔……〕
彼らの星と光の飛翔
彼らの大地の飛翔、彼らの石の飛翔
彼らの翼の波にのって

（「いつでも純粋な彼女たちの目」、p. 186-187）

差し向けの戯れの隠喩化の第二の様態として、差し向け機能を空間化して隠喩化する真ん中というものが挙げられる。ここで問題になっている真ん中は、中心としての真ん中ではなく、二項の間としての真ん中であり、相継起する諸項間の間隔であると同時に対立物間の、エクリチュールの純粋さと語たちの不透明さとの間の間隔としての真ん中である。この真ん中は、既に見たように夜明けという形のもとに現われるのみならず、「他のごくわずかな者たちのあいだで」の最後の詩行にあるように、二項を関係付ける秤という形態のもとにおいても現われる。

彼は自身の生を真ん中で捉える

秤の皿だけが……

(I, p. 191)

ここで重要なのは、対立する二項自体ではなく、二項の間に織りなされる諸関係である。諸関係は、「街に戻る……」というテクストの表現を借りれば、常に「不変」で「正確」である(「[……] 自身の秤、世界でもっとも正しく、不変で、常に正確な」、I, p. 191)。

これらの隠喩化の例に加えて、エリュアール的自動記述が自身の産出を決定付ける原理として現勢化しようとする言語的差し向けについてより直接的に語る詩がある。「飲む」と題されたこの詩の最初の二つの四行詩節を引用しよう。

口たちは曲がりくねった道を辿った
熱いグラスの、天体のグラスの
そしてひとつの火花の井戸のなかで
沈黙の核心を食べた。

もはや混合は馬鹿げたものではない――
ひとが見るのはここでだ、語たちの創造者を
自分の生む息子たちのうちで破壊され
世界のあらゆる語で忘却を名づける者を

(I, p. 181)

とりわけ二番目の四行詩節は、この時代のエリュアールの詩的生産を見事に説明している。「口たち」が「沈黙の核心を食べた」とき、「ひとが見る」「語たちの創造者」は、明らかに言語体系を特徴付け、「自分の生む息子たちのうちで破壊され」る差し向けの働きを意味していよう。「語たちの創造者」はまた、「世界のあらゆる語で忘却を名づける者」である。それは言い換えれ

ば、語たちを、すべての語たちを産出することによって、「語たちの創造者」は自身の忘却をのみ、自身の死をのみ産出するということになり、したがって、この自身の忘却をのみ名付けるということになる。これらの詩句はこのように、そこではもはや誕生と死、出現と消滅が区別され得ないような言語の戯れを見事に表象している。言語の戯れ、差し向けの戯れであるに他ならない「語たちの創造者」は、自身を語たちとして認識し、語たちという形態のもとに現われるとき、いわば忘却され死ぬのである。それは、女性的なるものが、連鎖する顔たちとして出現することによって隠蔽されることと同断であろう。

(2) テクストからテクストへの差し向け

エリュアールの自動記述の生成原理とも考えられ得る、そして自動記述を発動させると同時に自動記述がテクスト的舞台の上でそれを表象するためにそれを捉えようと試みる記号表現《シニフィアン》から記号表現《シニフィアン》への、記号から記号への、連辞から連辞への差し向けの機能は、自動記述の実践においてのみ作用しているわけではない。差し向けの働きは、テクストからテクストへの差し向けとしても機能している。ここでは、一つの作品内での間テクスト性について考えてみよう。詩群の間のこのようなつながりは、一つの語彙素、ほとんど同じような二つの連辞、あるいは意味が類似する二つの文によって生み出される。

ここでは、「新詩篇」に収められたテクスト間に織りなされる複雑な網の目を形作るのに寄与する語や語群を指摘してみたい。テクスト間のつながりは、それが継起するものであれ、離れたところに置かれたものであれ、二つの詩の間に織られることが多い。

まず、ある語、語群、文などが隣接する二つの詩の間に打ち立てるつながりを見てみよう。隣り合い、互いに惹き付け合う二つのシュルレアリスム的テクスト、「彼がきみにくれなかったダイヤモンド、……」と「冬は平原の上に……」に共通する名詞として、「棕櫚」という語が現われる。

陶酔の場所で、棕櫚の葉と黒いワインの突風が怒り狂っている。

（「彼がきみにくれなかったダイヤモンド、……」、I, p. 185）

視線は軍馬の手綱のなかに、
ぼくの血の棕櫚の葉の揺れを解放しながら、

（「冬は平原の上に……」、I, p. 185）

既に見たように、「秤」という語が、「他のごくわずかな者たちのあいだで」と「街に戻る……」という隣接する二つのテクストを結び付けている。また、それが「従順」なものであれ、

「秩序立てられて」いるものであれ、「身体《からだ》」という語が「いつでも純粋な彼女たちの目」と「マックス・エルンスト」という隣り合う二つの詩を結び付けている。

葉の上でまだ輝いていたぼくの精神
と花、ぼくの精神は愛のように裸だ、
ぼくの精神は黎明を忘れそのことによって頭を垂れ
自分の従順でむなしい身体《からだ》を見つめる。　（「いつまでも純粋な彼女たちの目」、p. 186-187）

彼の身体《からだ》は秩序立てられていた、
他の者たちの体が散逸させに来た
この配置を
地上への自身の血の最初の痕跡によって彼がもっていたこの
（「マックス・エルンスト」、p. 187）

しかし、もっとも印象深い例は、「もはや分かち合わない」という詩と二つの詩からなる「不在」というテクストの接近だろう。「もはや分かち合わない」の第二、第三連そして最終行と

「不在」の一部を引用しよう。

〔……〕

木々と柵の間で、
壁と顎の間で、
この震える大きな鳥と
それを圧しつぶす丘の間で、
空間はぼくの視線の形態をもつ。

ぼくの目は役に立たない、
埃の支配は終わった、
道路の髪の毛はその硬直した外套を着た、
彼女はもはや逃げない、ぼくはもはや動かない、
すべての橋は断たれた、天空はもはやそこを通らないだろう、
もはやそこに何も見ないことだってぼくにはできるんだ。

世界はぼくの宇宙から離れ
戦いの頂点で、
ぼくの脳のなかで血の季節がしおれるとき、
ぼくは白日とぼくのものである
人間のこの明るさとを区別する
ぼくは区別する、眩暈を自由から、
死を陶酔から、
眠りを夢から、

おお、ぼく自身の上の反映たちよ！　おお、血を流したぼくの反映たちよ！
（「もはや分かち合わない」、I, [p. 175]）

〔……〕
ぼくの心の一方の側で処女たちが昏くなる、
もう一方の側で優しい手は丘たちの横腹にある、
ごくわずかな水の曲線がこの墜落を引き起こす、

鏡のこの混合を。
精密な光たちであるぼくはまばたきをしない、
ぼくは動かない、
〔……〕

（「不在Ⅰ」、I, p. 176）

〔……〕
明るさがその最後の戦いを仕掛けるのはここでだ。
ぼくが眠り込むとしても、それはもはや夢見ないためだ。
〔……〕

（「不在Ⅱ」、I, p. 177）

この二つの詩が共有している要素を挙げてみよう。まず、「丘」という語（「この震える大きな鳥と／それを圧しつぶす丘の間で、」、「もう一方の側で優しい手は丘たちの横腹にある、」）、次いで、「戦い」という語（「戦いの頂点で、／ぼくの脳のなかで血の季節がしおれるとき、」、「明るさがその最後の戦いを仕掛けるのはここでだ。」）、「（もはや）動かない」という連辞（「彼女はもはや逃げない、ぼくはもはや動かない、」、「ぼくは動かない、」）、そして、眠りと夢との区別を言述する二つの文（「ぼくは区別する、眩暈を自由から、／死を陶酔から、／眠りを夢から、」、「ぼくが眠り込むとしても、それはもはや夢見ないためだ。」）などが、二つの詩をつなぐ要素として挙げられる。

詩集内の互いに離れた位置に置かれた二つの詩の間にもある種の相互干渉が生まれ得る。まず、二つの詩がある語彙素を共有することによって。「蒔く」という現在分詞（「すべての橋の下に魅力の失せた花束のしおれた花である赤い太陽を、青い月を蒔く一日の終わりの笑いで。」（「一本の剣の赤い脅威のもとで、……」）、「それは蒼白さを、固いカーテンの奥の黒の探求者の金粉の色合いを帯びた淡青《アズリン》を蒔き不満げに鼻を鳴らしながら湿った逃亡、熱いコップを押しのけて、」（「絶対的必要性、……」））、「赤くなる」という動詞（「モデルの古代的な顔は／ぼくの謙虚さの前で赤くなる」（「冬は平原の上に……」、I, p. 185）、「人間の心はもはや赤くならないだろう」（「街に戻る……」、I, p. 191））、「動く」という動詞（「夜のものでありつつ、宇宙はきみの熱さのなかを動く」（「彼女はある……」、I, p. 169）、「そしてぼくの動く根底的霧は／ぼくが通ったかどうかを決して知らない」（「永遠の女、すべてであるような」、I, p. 196））、「絨毯」という名詞（「賭け事の絨毯と衣装を織る大きな影たちがぼくはこわい」（「彼女はある……」、I, p. 169）、「木々の緑の鉛はきちんとしていて火傷をいくつももつ髪のなかの赤い絨毯とともに葉叢の下で眠る、」（「絶対的必要性、……」、I, p. 189））、「勝つ」と「負ける」という二つの動詞――これは「鞭の炎に」という詩に現われ、「風通しのよいイコン……」において「負けるが勝ちで」(I, p. 184)

という表現のうちに統合される――などが、離れたところに置かれた二つの詩を結び付け、両者の間に一種の相互干渉を生じさせている。ある一つの名詞的あるいは動詞的連辞もまた同様の機能を持ち得る。「熱いグラス」(「熱いグラスの、天体のグラスの」(「飲む」、I, p. 181)、「熱いコップを押しのけて」(「絶対的必要性、……」、I, p. 189)、「地平線を愛撫する」(「〔……〕彼女の夢たちの響きわたる沈黙が／地平線を愛撫する。〔……〕」(「戦争中のパリ」、I, p. 183)、「夜の地平線を愛撫しろ、〔……〕」(「夜」、I, p. 193) などの連辞がそれだ。次のような言い回しもまた隣接していない二つの詩を結び付けている。「～の網に(のなかに)捕えられる」(「自然はきみの生の網に捕えられた」(「小さな正義たちⅦ」、I, p. 173)、「そして優雅さは彼女の瞼の網のなかに捕えられた」(「不在Ⅰ」、I, p. 176)、「～の曲線」(「ごくわずかな水の曲線がこの墜落を引き起こす、」(「不在Ⅰ」、I, p. 176)、「きみの眼の曲線はぼくの心を一周する、」(「きみの眼の曲線は……」、I, p. 196))。あるいは、その意味が類似した二つの連辞もまた詩集内の離れた場所に置かれた二つの詩を結び付ける(「それらの〔星たちの〕火の巣のなかに」(「世界で最初の女」、I, p. 179)、「〔……〕巣にある星、」(「鞭の炎に」、I, p. 180))。

　二つの異なった詩における同一のあるいは類似した語あるいは連辞の分配は、このようにして接近させられた二つのテクストの各々がいわば他方の書き換えをなしていると考えることを可能にする。二つのテクストが、互いに自身を他方に差し向け合っているのであるから、起源なき書き換えであると考えることもできよう。「新詩篇」のいくつかの詩とシュルレアリスム的テクストの産出のうちに、相互的参照、書き換えあるいは引用の総体を見ることも可能であろう。

(3) 間テクスト的戯れとしての差し向け

それでは、固有の意味での間テクスト的作業についてはどのように考えるべきであろうか?今度はこの問題について検討してみたい。実際、差し向けの機能は、「新詩篇」内部でのみ展開されているわけではない。差し向けの働きは、「新詩篇」という総体を超えて、「新詩篇」中のあるテクストとエリュアールが「新詩篇」以前に書いたあるテクスト、または、それがエリュアール以前の詩人であれ彼の同時代人であれ、他の詩人の書いたテクストとの間に確立されることもあり得るのだ。

まず、「新詩篇」へのエリュアールがそれ以前に書いたいくつかのテクストの挿入について見てみよう。ここで問題になるのは、詩の引用あるいはコラージュである。新たな文脈に置かれることによって、転移された詩はしばしば、それがもともとあった場所にあってはもっていなかった意味合いを帯びる。これを言い換えれば、詩の移転は、移された詩とそれを取り巻くテクスト群との間に一種の牽引力を生じさせるということになる。

ここではまず、一九二一年の詩集『人生の必要時と夢の諸結果』から再録され、「新詩篇」中に散種された五つの詩篇について見てみよう。「明るさから暗がりへの水浴びする女」という詩は、ごく部分的なしかし意味を逆転させるような書き換えを伴いつつ（「夜、高貴さはこの空の一部をなしている」という文が「夜、高貴さはこの空から出発してしまった」と書き換えられている）、「新詩篇」中の「状況の終わり」と「パブロ・ピカソ」の間に挿入されている。

同じ日の午後。軽いものとして、きみは動き、軽いものとして、砂と海は動く。
〔……〕
夜、高貴さはこの空から出発してしまった。ここでは、消える火のなかにすべてがうずくまっている。
夜。海はもはや光をもっていない。そして、古い時におけるように、きみは海のなかで眠ることができるだろう。

（「明るさから暗がりへの水浴びする女」、I, p. 86）

女性と動的な世界の照応（「軽いものとして、きみは動き、軽いものとして、砂と海は動く。」）は、一九二一年の詩集にあって、この詩を例外的なものとしていたが、例えば「小さな正義たちⅦ」にあるように、女性が自然の中にはめ込まれたものとして呈示されることもある一九二六年の詩集にあっては、決して例外的なものではない。

自然はきみの生の網に捕えられた。
樹木、きみの影、はその裸の肉、空、を見せる。
それは砂の声と風のしぐさたちをもつ
そしてきみの言うすべてのことはきみの後ろで動いている。

（「小さな正義たちⅦ」、I, [p. 173]）

『人生の必要時と夢の諸結果』から「新詩篇」に再録された「明るさから暗がりへの水浴びする女」という詩はまた、海の中で溺れる経験とまでは言えないかもしれないが、少なくとも海のなかにある経験に関わる点で（「夜。海はもはや光をもっていない。そして、古い時におけるように、きみは海のなかで眠ることができるだろう。」）、「新詩篇」中で「明るさから暗がりへの水浴びする女」の傍に置かれた「状況の終わり」や「世界で最初の女」などの詩と意味的親近性をもつことになる。

ばらばらになった花束は波の雄鳥たちを燃やし
破滅の羽毛全体は

夜のなかで、そして天空の海のなかで輝いている。
もはや水平線はなく、もはや帯はない、
難破者たちは、初めて、彼らを支えることのない数々の仕草をする。すべては散乱し、何ものももはや想像されない。
（「状況の終わり」、I, p. 177）

だから波を捕えることはできないのか
その船たちが巴旦杏であるような
熱く愛撫するようなきみの手のひらのなかに
あるいはきみの頭の巻き毛のなかに？
（「世界で最初の女」、I, p. 178）

次に、やはり『人生の必要時と夢の諸結果』から「新詩篇」に再録された「隠れた女」について考えてみよう。

庭仕事は情熱であり、見事な園芸獣だ。枝々の下で彼女の頭は鳥たちの軽い脚で覆われたように見えていた。木々のなかで見ている息子には。
（I, p. 86）

「隠れた女」というこの詩は、「新詩篇」においてすぐ前に置かれた「一本の剣の赤い脅威のもとで、……」の末尾と、「閉じる」あるいは「覆う」という行為を介して、呼応し合う。シュルレアリスム的テクストにあっては、「歩み」によって目を閉じることが（「彼女が自分の後ろに引きずる道路たちは彼女の家畜たちであり、彼女の威厳に満ちた歩みは家畜たちの目を閉じる。」(I, p. 179)）、再録されたダダ的詩にあっては「鳥たちの」「脚」によって頭を覆うことが問題になっている（「枝々の下で彼女の頭は鳥たちの軽い脚で覆われたように見えていた。」）。自動記述が展開する線形性の「威厳に満ちた歩み」とダダ的詩の「軽い脚」との不意の出会いだ。「隠れた女」はまた、すぐ次に置かれた夢の記述に近いテクスト「三つ葉のエース」と、鳥と女の顔の隣接によって、結び付く。


彼女は誰にもできないように賭け、ぼくひとりが彼女を見ている。ぼくの夢想のなかに彼女を連れ戻すのは彼女の眼だ。ほとんど動かず、あてもなく。

そして彼女が耳の翼をつかんで捕えているこの他の者は彼女の後光の形態を保った。彼女の両手による抱擁のなかで、髪をぺったり撫でつけた一羽の燕が絶望的にもがいている。彼女は目が見えないんだ。

(I, p. 179)

鳥と女の顔の隣接は、「隠れた女」にあっては、言語記号の不透明さによる母の顔の隠蔽という形を取り（「枝々の下で彼女の頭は鳥たちの軽い脚で覆われたように見えていた。」）、「三つ葉のエース」にあっては、女性の顔の夢の中での出現におけるある「他の者」の廃滅、殺害という形を取っている（「そして彼女が耳の翼をつかんで捕えているこの他の者は彼女の後光の形態を保った。彼女の両手による抱擁のなかで、髪をぺったり撫でつけた一羽の燕が絶望的にもがいている。」）。

同様に一九二一年の詩集『人生の必要時と夢の諸結果』からの再録である「名前たち、シェリ＝ビビ、ガストン・ルルー」は、「霧のなかで……」と「夜」の間に置かれている。

彼はこれらの鳥たちのことで苦しんだにちがいないんだ！　彼は動物たちの嗜好《あじ》をもった、彼を食べなくてはいけないのだろうか？　しかし彼は時間を稼ぎ、天国の方へと転がって行く。車輪を握っているのは**心臓の口**であり、**シェリ＝ビビ**ではない。人は彼を間違って**ママ**とも名付ける。

(I, p. 85)

ダダ期に書かれたこの詩は、「ママ」という呼び名が間違いであることを想い起こさせることによって、すぐ前に置かれた「霧のなかで……」というテクストに確認される「忘却の父たち」

に抗しての女性たちの支配の到来へのやや無邪気とも思える期待を相対化する効果をもっている。

水の入ったコップがぶつかり合い、蛇たちがミルクを探している霧のなかで、羊毛と絹の記念建造物が消える。昨晩、自分の弱点をもってきながら、すべての女たちが入ったのはそこだ。世界は、彼女たちのやむことのない散策のためには、彼女たちの憔悴した歩みのためには、彼女たちの愛の探求のためには、できていなかった。〔……〕

〔……〕

これから寝るはずの男たちは今後はもはや忘却の父ではないだろう。彼らの足元で、絶望は、明日なき勝利の、ぼくたちが飾られている美しい青空の下の後光の、見事な歩みをもつだろう。

いつの日か、彼らはそれに倦み疲れるだろう、いつの日か彼らは怒るだろう、火の針たちとなって、タールと辛子の仮面たちとなって、そして女性が立ち上がるだろう、危険な手をもって、破滅の眼とともに、荒廃した身体とともに、いつでも輝きながら。

そして太陽は再び花開くだろう、ミモザのように。

（「霧のなかで……」、I, p. 192-193）

詩的テクストの再使用と転移によって、ダダ的な詩とシュルレアリスム的詩との間に一種の連続性を作り出そうとする顧慮は、『人生の必要時と夢の諸結果』の詩「すべてのものの日」を、純粋な可視性を実現するために事物のあらゆる不透明さを排除しようとする攻撃的な視線の現われる「ホアン・ミロ」という詩のすぐ後に置くことのうちにも認められる。

猛禽太陽ぼくの頭に捕えられた囚人よ、
丘を取り除け、森を取り除け。
天空はかつてなかったほどに美しい。
ぶどうのとんぼたちは
天空に明確な諸形態を与え
それをぼくはひとつの動作で吹き散らす。

最初の日の雲たち、
感知できず何ものもが許さないような雲たち、
それらの種たちは燃える
ぼくの視線の藁の火のうちで。

ついには、ひとつの夜明けに覆われるために
天空は夜と同じくらい純粋でなければならないだろう。

（「ホアン・ミロ」、I, p. 195-196）

〔……〕
街の様子をすることは音楽家のようであることだろうか？　彼は話す、羽《ペン》には知られない語たちの薔薇たち。
〔……〕

（「すべてのものの日」、I, p. 83）

「すべてのものの日」は、「ホアン・ミロ」のすぐ後に導入されることによって、「ホアン・ミロ」に書かれた自動記述の実践が目指す純粋な可視性に、もう一つの純粋さ、ダダ的詩によって要求される「羽《ペン》には知られない語たちの薔薇たち」の純粋さを並置する。
『人生の必要時と夢の諸結果』の「白昼」という詩は、「新詩篇」に導入され、「彼女はある……」のすぐ後に置かれる。

〔……〕大地は遠くで砕け、動かない微笑みたちとなる、天空は生を包んでいる。愛のひと

つの新たな天体が至るところから昇る——終わりだ、夜の試練はもはやない。

（「彼女はある……」、I, p. 169）

来い、上がれ。やがてもっとも軽い羽根たちが、空気の潜水士よ、きみの首をつかむだろう。

大地は必要なものときみの美しい種類の鳥たちしか載せていない、微笑みよ。きみの悲しみの場所で、愛の後ろのひとつの影のように、風景はすべてを覆う。

早く来い、走れ。そして、きみの身体はきみの思考たちより速く行く、しかし何ものも、わかるかい？　何ものもきみを追い越すことはできないんだ。

（「白昼」、I, p. 85）

この二つの詩は、「白昼」の「大地は必要なものときみの美しい種類の鳥たちしか載せていない、微笑みよ。」という文と「彼女はある……」の「大地は遠くで砕け、動かない微笑みたちとなる」という文が「大地」と「微笑み」という二つの語を共有していることによって、とりわけ結び付けられている。また、「微笑み」という語は、「白昼」をすぐ次に来る、やはり「微笑み」の現われる「きみの眼の曲線は……」と結び付ける。

日の葉と露の苔、
風の葦、香る微笑みたち、
光の世界を覆う翼、
空と海とを載せた船、
物音の狩猟家たちと諸々の色の泉、
(I, p. 196)

また、「白昼」というダダ期に書かれた詩をシュルレアリスム初期の「新詩篇」中に置くことによってエリュアールが、「白昼」という詩の中に自動記述を体現する女性を確認するようにそのかしていると考えることもできるかもしれない。「白昼」の次の文は、一九二六年の詩集に現われた場合、どうしてもシュルレアリスム的自動記述への言及であると考えたくなるようなものではないか。「早く来い、走れ。そして、きみの身体はきみの思考たちより速く行く、しかし何ものも、わかるかい? 何ものもきみを追い越すことはできないんだ。」この文に現われる「きみ」のうちに、思考することなしに、言うべき何ものもなしに話すことに存するダダ的な詩の表象に、ダダ的詩の速度というものを介して、やはり速度を特徴とするシュルレアリスム的詩の表象が重ねられているのである。

『人生の必要時と夢の諸結果』から「新詩篇」に再録された五篇の詩は、ほとんど改変されることなくいわば「引用」されている。しかし、言表面では、一九二一年の詩集における同じものに留まるこれらの詩は、新たな文脈と新たな場所に置かれることによって、言表行為的には別のものとなる。これら五篇の詩は、隣接するテクスト群をいわば汚染し、それらに影響を与えつつ、自身の意味をも変えるのである。ここにもまた、隣接する形式的単位（ここではそれが詩ということになるが）間に機能する差し向けの強調を確認することができよう。

次に、『苦悩の首都』以前に書かれたエリュアール自身のテクストの書き換えの例をいくつか挙げてみよう。「冬は平原の上に……」の最初の行（「冬は平原の上にはつかねずみをもたらす」、I, p.185）は、恐らく『現代の好みに合わせた一五二の諺』（一九二五年）の「理性がないとき、はつかねずみたちは踊る」（I, p. 156）という断片の書き換えであろう。ここで興味深いのは、諺において理性の不在と「はつかねずみたち」の出現が一致していることだ。この一致は、少なくともその原則においては理性の解任を要請する「冬は平原の上に……」のようなシュルレアリスム的テクストを開始するためのよい口実となり得るだろう。[9]『現代の好みに合わせた一五二の諺』のエリュアールによる原稿に現われる次の二つの諺は、一九二五年の作品の中には入らなかったものの、一九二六年の詩集の「新詩篇」中の三つの詩を書く際に再使用されている。「諸天体の血は彼女のうちを流れている」（I, p. 1366）→「そして、きみ、諸天体の血がきみのうちを流れている」（「ひとつの」、I, p. 188）、「そしてぼくの血すべてがその眼差しのなかを流れている。」(「きみの眼の曲線は……」、I,p,196)。「秤のなかの二つの虹」(I,p. 1367)→「〔……〕笑い、自分の秤から落ちた虹たちのように、〔……〕」(「風通しのよいイコン……」、I,p. 184)。エリュアールによって書かれた「シュルレアリスム革命」誌序文の「沈黙」と「火花」の二語の隣接は(「沈黙と火花はそれら自身の啓示を奪う」、II, p. 794)、「新詩篇」中の「飲む」という詩に再び見出される(「そしてひとつの火花の井戸のなかで/沈黙の核心を食べた。」、I,p. 181)。「霧のなかで……」の最後の行は(「そして太陽は再び花開くだろう、ミモザのように。」、I,p. 193)、一九二〇年の詩集『動物たちとその人間たち、人間たちとその動物たち』の序詩「サロン」の「太陽の、レモンの果実たちの、軽いミモザの」という詩行の書き換えであろう。もちろん、既に言及した、ダダ期のテクスト「証明」と一九二六年の詩集に収められたいくつかの詩やシュルレアリスム的テクストとの特権的な間テクスト的関係についても忘れることはできない。『人生の必要時と夢の諸結果』の中の「よりよい日」という詩の書き換えである「ひとつの」については、その書き換えの文脈と過程をより細かく考えて行く必要がある。

まず、ダダ期の詩である「よりよい日」について検討してみよう。この詩は、唯一的かつ特異なものであろうとしつつも、あるいは一つの出来事として自身を定義しつつも、言語に、つまり反復的なものに訴えざるを得ないダダ期エリュアールの詩的エクリチュールの二重性を、既に反復されたものとしてのみ唯一的なものとして現われる女性の形象のもとに、隠喩化している。過去分詞の繰り返しは、詩的出来事の純粋な特異性を隠喩化する女性の出現と消失へと差し向ける。

思い出たちによって白くなり消されて、
花たちの上に花たちすべてとともに立ち上がって、
石たちの上に石たちすべてとともに立ち上がって、
昏いガラスのなかに失われて、
広げられて、星をちりばめられて、逃げ去る彼女の涙とともに。

Blanche éteinte des souvenirs,
Dressée sur des fleurs avec les fleurs,
Dressée sur des pierres avec les pierres,
Perdue dans un verre sombre,
Etalée, étoilée avec ses larmes qui fuient.

(I, p. 96)

ここで、特異なもの／普遍的なものという対立は、不定冠詞と定冠詞の対立によって表現されている。女性は「花たちの上に」（sur des fleurs）、「石たちの上に」（sur des pierres）、したがって、不定冠詞 des の使用からわかるように、特異的な、個別的な事物たちの上に「立ち上がって」いる。しかし女性は同時に、「花たちすべてとともに」(avec les fleurs)、「石たちすべてとともに」(avec les pierres)、つまり、定冠詞 les の使用からわかるように、総体的あるいは抽象的な事物たちとともに「立ち上がって」いるのである。「立ち上がって」いる女はしたがって両義的なものとして現われている。「立ち上がって」いる女は、唯一的なものとして現われるために唯一的なものとしては死ななくては、消失しなくてはならない。女は「立ち上がって」いる、しかし、同時に「昏いガラスのなかに失われて」いるものでもある。女は、「広げられて、星をちりばめられて」ある、しかしそれは「逃げ去る彼女の涙とともに」である。「思い出たち」、すなわち記憶は、女を反復しいわば「引用」しつつ、再生産する機能をもつが、女はそれによって、「思い出たちによって白くなり消されて」しまうことになる。したがって、不定冠詞 des と定冠詞 les の併存が明白に示しているように、これらの詩行は、特異なものと普遍的なものの間の緊張的関係を証している。

「新詩篇」中の「ひとつの」という詩の第二、第三段落は、ダダ時代に書かれたこの「よりよい日」の書き換えからなっている。

そしてきみ、諸天体の血がきみのうちを流れている、それらの光がきみを支えている。花たちすべての上に、きみは花たちすべてとともに立ち上がる、石たちすべての上に石たちすべてとともに。

思い出たちによって白くなり消されて、広げられて、星をちりばめられて、逃げ去るきみの涙によって輝きながら。ぼくはもうおしまいだ。

Et toi, le sang des astres coule en toi, leur lumière te soutient. Sur les fleurs, tu te dresses avec les fleurs, sur les pierres avec les pierres.

Blanche éteinte des souvenirs, étalée, étoilée, rayonnante de tes larmes qui fuient. Je suis perdu.

(I, p. 188)

ダダ時代に書かれた「よりよい日」のこの書き換えにおいてまず注目すべきは、「よりよい日」にあっては他の過去分詞のうちに混じって現われていた過去分詞 dressée（「立ち上がって」）が、それだけ切り離され、しかも代名動詞（tu te dresses「きみは立ち上がる」）になっていることだ。過去分詞によって表現された完了されたものに取って代えて代名動詞現在形によって語られる現に展開されつつある行為をもってくるというアスペクトの次元におけるこの交換は、「ひとつの」の第二段落と第三段落の対立あるいは対照を際立たせるという効果をもっている。第二段落にあってはまさに展開されつつある行為（「流れている」、「支えている」、「立ち上がる」）が、第三段落にあっては完了した行為の諸結果が確認されるというわけだ。しかし、このような分裂は見かけのものに過ぎない。「ひとつの」第二段落の「きみ」は、一種の容易さをもって「立ち上がる」印象を与える。その点でこの「きみ」は、反復される過去分詞や所有形容詞を通して、完了した行為の結果として、非現勢的で不活発なものとしてのみ現われる潜在的な「ひとつの」第三段落の「きみ」や「よりよい日」の「彼女」とは対照的なものであるようにも見える。しかし、それは、容易に「立ち上がる」ようにも見える「ひとつの」第二段落の「きみ」が、「よりよい日」を特徴付けていた緊張的関係、不定冠詞と定冠詞の間の緊張的関係によって表象されていた特異なものと普遍的なものとの間の緊張をもはや知らないからに他ならない。「きみ」は、「よりよい日」の「彼女」がそうであったごとく、「花たちの上に花たちすべてとともに立ち上がる」（Dressée sur des fleurs avec les fleurs）のではなく、「花たちすべての上に花たちすべてとともに立ち上がる」（Sur les fleurs, tu te dresses avec les fleurs）のである。したがって、ダダ期のテクストにおいて詩的な生起と出来事を特徴付けていた緊張はここでは解消されている。「きみ」は、「ひとつの」第二段落にあって、既に概念化され、既に「把握」され、したがって既に失われたものとしてのみ現われ、例えば花の概念に包摂される諸要素の全体へと差し向けることしかできないのである。したがって、真の分裂・対立が「ひとつの」第二段落の最初の文（「そしてきみ、諸天体の血がきみのうちを流れている、それらの光がきみを支えている。」）と二番目の文（「花たちすべての上に、きみは花たちすべてとともに立ち上がる、石たちすべての上に石たちすべてとともに。」）の間にあることは明らかであるように思われる。「きみのうちを流れている」「諸天体の血」によって、「きみ」は、明るいものである（「諸天体」）と同時に暗いものである（「血」）、現前しつつ（「諸天体」）不在である（「血」）という両義的な状態を体現することになる。そして、恐らく問題になっている二つの文の間に位置するとも言える「きみ」の出現の後には、「きみ」は現前したものであり、知られたものであり、なじみ深いものであり、しかし未知なるものとしては不在であり失われたものとなる。女性的なるものを知り、把握することに結果する二重性がここに確認される。

『苦悩の首都』中の「新詩篇」に収められた諸篇とそれ以外のテクストとの間に生み出される間テクスト的差し向けの問題に戻ろう。

これまでは、「新詩篇」中の諸篇とそれ以前に書かれたエリュアールのテクストとの間に挿入や書き換えによって生み出される間テクスト的差し向けについて検討して来た。ここでは、「新詩篇」のテクスト群とエリュアールに先行する詩人たちによって書かれた、あるいはエリュアールの同時代人たちによって書かれたテクストとの間に生み出される間テクスト的関係・差し向けについて、いくつかの例を挙げつつ、考えてみよう。

まず、「新詩篇」の諸篇とエリュアールに先行する詩人たちによるテクストとの間に確認され得る間テクスト的関係・差し向けをいくつか指摘してみたい。「いつでも純粋な彼女たちの目」に現われる一連の語群、「眼」、「サファイア」、「波」は、「文学」誌第六号（一九一九年八月）に掲載されたシャルル・クロ「マドリガル」の詩行に差し向けるように思われる。

ところが、ぼくは世界でいちばん美しい眼を見た、
手にサファイアをもつ銀の神々、
本当の神々を、大地のなかの鳥たち
そして水のなかに、ぼくはそれらを見た。

彼らの翼はぼくの翼だ、何も存在しない
ぼくのみじめさを揺らす彼らの飛翔以外には、
彼らの星と光の飛翔
彼らの大地の飛翔、彼らの石の飛翔
彼らの翼の波にのって

（「いつでも純粋な彼女たちの目」、p. 187）

あなたの大きく明るいサファイアの眼は、
波たちのように不安にさせる
川の、湖の、海の、
そしてそれに対してぼくは狂おしいまでの深い欲望を抱く。（「マドリガル」、傍点引用者）

「新詩篇」中の「夜」に見られる「夜明け」と「肉」の接近は、シャルル・クロのテクストに現われる「黎明」と「肉」という類似の対から発想を得た可能性がある。

夜の地平線を愛撫せよ、夜明けが肉で覆う黒檀の核心を探せ。（「夜」、I, p. 193）

〔……〕そしてあなたの肉は、触知可能な黎明よ、運命のあるいは人間の怒りによって突然運び去られるだろう。[10]

「冬は平原の上に……」の最初の行（「冬は平原の上にはつかねずみをもたらす」、I, p.185）の出現は、恐らく重層決定されたものであろう。というのは、この詩行に影響を与え得たテクストとして、既に指摘した『現代の好みに合わせた一五二の諺』（一九二五年）の「理性がないとき、はつかねずみたちは踊る」（I, p. 156）という断片の他に、シャルル・クロの「はつかねずみたちのバラード」を挙げ得るからだ。「冬」と「はつかねずみ」の接近が見られる次の詩行を引用しよう。

〔……〕
ひとはぼくに冬の助言を与える。
「山へと行っておしまいなさい
あなたは天空の精気のなかでごくわずかなもので生きることでしょう。」
ぼくは出発する、耐え難い世界を離れて、
はつかねずみたちが田舎にいる(11)

星たちを飲むという行為は、アポリネールの「ぼくはグラスになみなみと星たちを飲んでいた(12)」という詩行に既に現われている。「新詩篇」中の「飲む」の最初の二行（「口たちは曲がりくねった道を辿った／熱いグラスの、天体のグラスの」、I, p. 181）は、アポリネールのこの詩行を前提しているように思われる。

「樹皮」と「瞼」という二つの語の対は、「世界で最初の女」の次に引用する二行をネルヴァルの「黄金詩篇」の最後の二行に接近させることを可能にするように思われる。

渦を巻く太陽が樹皮の下を流れている。
それはきみの閉じられた瞼の上にくっつきに行くだろう。（「世界で最初の女」、I, p. 179）

そして瞼に覆われた生まれつつあるひとつの眼のように、
ひとつの純粋な精神が石たちの樹皮の下で生長しているのだ。[13]

「彼女はある……」の「愛のひとつの新たな天体が至るところから昇っている」（I, p. p. 169）という文に関しては、まずランボーの『地獄の一季節』の「さらば」に「新たな天体たち」という表現が見出されることを指摘しておこう。

おれは新たな花々を、新たな天体たちを、新たな肉体たちを、新たな諸言語を発明しようと試みた。[14]

しかし、「彼女はある……」のエリュアールの文により直接的な影響を与え得たテクストとしてルヴェルディの次の文を挙げるべきだろう。

ひとつの新たな天体が生まれたところだ
天空を照らしながら(15)

そしてひとつの新たな天体が立ち上がる。(16)

「人間の像《イマージュ》は、……」というシュルレアリスム的テクスト冒頭の「人間の像《イマージュ》」l'image d'hommeという表現は、(17)疑いもなく、ロートレアモンの『マルドロールの歌』の「人間の像《イマージュ》」l'image de l'hommeという表現にごくわずかに手を加えたものであろう。(18)

次に、同時代人たち、すなわちシュルレアリストたちとの間テクスト的関係について見てみよう。

まず、「新詩篇」の「夜」というテクストにおける「夜明け」と「肉」の接近（「夜の地平線を愛撫せよ、夜明けが肉で覆う黒檀の核心を探せ。」）を可能にしたもう一つの表現としてブルトンとスーポーの『磁場』に現われる「肉の継起的黎明」(19)という表現を指摘したい。「世界で最初の女」における「樹皮」の下の「太陽」という主題と「樹皮」と「瞼」の接近（「渦を巻く太陽が樹皮の下を流れている。／それはきみの閉じられた瞼の上にくっつきに行くだろう。」）は、デスノスの「ココへのオード」の「そして太陽の二つの粒が樹皮＝瞼の下に[20]」という詩行のうちに既に見出されるものだ。「決して影をもったことがない」鳥（「それは決して影をもったことがない」（「ジョルジュ・ブラック」、I, p. 192））は、「現実僅少論序説」の最後に書かれたブルトンの願いの一つの実現であるとみなすことができよう。「ぼくに霊感を与えてくれ。ぼくがもはや影をもたない者となるように。[21]」「ジョルジュ・ブラック」のこの詩行はまた『溶ける魚』4の「鳥たちはかれらの色についでかれらの形態をも失いつつある[22]」という文へも差し向けていよう。「他のごくわずかな者たちのあいだで」の最後の詩行（「秤の皿だけが……」、I, p. 191）は、明らかに『磁場』の「やどかりは言う」所収の「幕」という詩の「二つの頭、秤の皿のように[23]」という詩行、あるいはデスノスの「抽象的なものと具体的なものとのこれら二つの秤の皿は同一のものであり、互いに動かされ合っている[24]」という言表を踏まえていよう。

「現実僅少論序説」は、「新詩篇」のエリュアールにいくつかの点で発想を与えたテクストであると言えるだろう。表象の限界まで行く激越な詩的経験と結び付いているに違いない難波という観念は、「新詩篇」にあっては、「状況の終わり」（「難破者たちは、初めて、彼らを支えることのない数々の仕草をする。すべては散乱し、何ものももはや想像されない。」、I, p. 177）や「人間の像《イマージュ》は、……」(「海を移動させるもっとも大きな船に人間の像《イマージュ》は乗り込み、難破から還った船乗りたちに山賊たちの物語を語る。」、I, p. 194)といったテクストに現われる。この難波という観念は、「現実僅少論序説」の「一連の奇蹟」という部分に由来するものであるかもしれない(「奇蹟なのです、奥様、しかしその前にあの難破をあなたに叙述する必要があります。[25]」)。「状況の終わり」という題名自体が「現実僅少論序説」中の「世界の、外的世界の終わりが刻一刻と待たれている[26]」という文から来るということも考えられないことではない。ブルトンのテクストに現われる、そこで「愛における現前と不在の武装解除させるような観念が眠っている」という「小箱」は、エリュアールの「人間の像《イマージュ》は、……」にあっては、意味を逆転させる操作によって、「人間たちの諸々の貧しい驚異の眠っているガラスケース」(I, p. 194)という形に変貌させられている。「小箱」はまた、「現実僅少論序説」の「一連の奇蹟」にあって、「わたしの難破のもっとも美しく、たぶん唯一の漂着物」である。砂の上に残された漂着物という観念は(「さらにまた奇蹟といいますのは、〔……〕ある日わたしたちが前日には何もなかったと私たちが確信しているような砂の上に一つの漂着物を発見することができるということなのです[27]」)、エリュアールの「新詩篇」にあっては、「パウル・クレー」という詩の次の詩行に導入されている。

浜辺に海は彼の両耳を残した

そして穿たれた砂、ひとつの素晴らしい犯罪の場所。

(I, p. 182)

エリュアールのこれらの詩行に書かれているのは、意味を逆転させられたブルトン的「奇蹟」、自動記述の実践に伴う思考の聞き取り、書き取りがもたらし得る死の危険に他ならない「奇蹟」であると言ってもいいかもしれない。

自動記述の実践のうちに看取される差し向けの働きはこのように、テクストあるいは作品という枠を超えて、「新詩篇」と先行する詩人たちのテクスト、あるいは同時代のシュルレアリストたちのテクストとの間に機能する間テクスト的差し向けという形を取って現われる。「新詩篇」の間テクスト性に関する考察を終えるために、最後に「人間の像《イマージュ》は、……」の間テクスト性について考えてみたい。このテクストが興味深いのは、単に他のテクストからの様々な借用や他のテクストへの仄めかしを含んでいるということのみによるのではなく、それが小話として考えられたシュルレアリスム的テクストというジャンルそのものへと差し向け、それに批判的に言及し、そのことによってこの点についてのエリュアールの立場を明かしているということによる。

小話としてのシュルレアリスム的テクストに対するエリュアールの留保は、「溶ける魚」に収められている小話群に類似した一つの典型的とも言える小話の贋の——なぜならエリュアール自身がその小話を書いたのであるから——引用によって示される。小話の引用は、「人間の像《イマージュ》」の語る物語という形のもとに提出される。

海を移動させるもっとも大きな船に人間の像《イマージュ》は乗り込み、難破から還った船乗りたちに山賊たちの物語を語る。「五歳のとき、母親がやつにひとつの宝物をゆだねた。どうしたものだろう？　彼女の御機嫌をとる以外に。彼女はその地獄のような両腕で人間たちの貧しい驚異が眠っているガラスケースを破った。驚異たちは彼女について行った。アメリカなでしこはブロンドの髪のために天を犠牲にした。カメレオンは、苺と蜘蛛の微小な宮殿を建てるために林間の空き地にいつまでもぐずぐずしていた。エジプトのピラミッド群は通行人を笑わせた、というのは、それらは雨が大地を潤わせることを知らなかったからだ。最後に、オレンジの蝶が自分の種を子供たちの瞼の上で揺らした。子供たちは砂売りが通っているような気がすると思った。」

(I, p. 194-195)

エリュアールによるシュルレアリスム的テクストの批判的言及について二つのことを指摘してみたい。まず、ブルトン的小話を模倣するテクストを一種の引用として提出することによって、エリュアールによるテクスト的操作は、シュルレアリスム的テクストの二次的性格を強調している。それによって、シュルレアリスム的テクストは、純粋な思考の具体化であるどころか、一つの複製のようなものとして提出されるのである。二点目として、シュルレアリスムの根本的諸価値のひとつである驚異という観念を貶める「人間たちの貧しい驚異」という表現が使われていることを指摘したい。

この二点に加えて、シュルレアリスム的小話とはまた別の他のタイプの詩への志向が見られることを強調しておきたい。まず、動詞が頻繁に現われ単純過去や半過去などの時制が使われているシュルレアリスム的小話のこの引用は、名詞的要素の並置を主要特徴とするエリュアール的自動記述とは対蹠的な位置にあるものであると言えよう。他方で、ある他のタイプの詩的言説へと向かう道筋は、「人間の像《イマージュ》」の語る物語という形を取る小話の引用のすぐ後に素描される。

> 人間の像《イマージュ》は夢見る、しかし比類ない夜以外の何ものも彼の夢にしがみついてはいない。そこで、船乗りたちを何らかの理性の見かけへと呼び起こすために、酔っ払っていると思われていた誰かがゆっくりとこの文を発音する。「善と悪はそれらの起源をいくつかの過ちの濫用に負っている。」
> (I, p. 195)

テクスト最後に来る文は、シュルレアリスム的小話の引用とはまた別の引用を構成している。この引用もまた一登場人物の言葉という装いのもとに現われているが、小話の模作の引用ではなく、ロートレアモン流アフォリスムの模作の引用となっている。このアフォリスムは、ロートレアモンのしかじかの諺を模倣したものであるというよりは、エリュアールの目から見てロートレアモンがその二つの作品を書きつつ言いたかったことを要約しようとしたものであろう。

この点について明確にするために、一九二三年に「文学」誌に掲載されたロートレアモンの三通の手紙に付せられたエリュアールによる序文を参照する必要がある。

無脊椎者であり頭脳的な者であるロートレアモン伯爵の生が賭けられたことがあったのかどうか疑問だ。善への情熱は、ある点まで推し進められると、ひとりの人間を生の到達不可能な頂上より高いところに、到達不可能なものそのもののうちに置く。ヘブライ語の希望と絶望という語をなしたあの均衡とあの確実さを再び見出すために、ロートレアモンは、彼が輝かしさをもって自身の書簡においてわれわれに示している可能な矛盾なしのあの驚くべき論理を放棄することを決心することはできなかったのだ。(28)

まず、「善への情熱は、ある点まで推し進められると、」という部分について考えてみよう。ロートレアモンの三通の手紙のうち、『マルドロールの歌』について語っている最初の手紙を参照すると、エリュアールによる序文のこの部分の意味は明らかになって来る。豊崎光一訳で引用しよう。

まず状況を御説明させてください。私はミッケーヴィッチ、バイロン、ミルトン、サウジー、A・ド・ミュッセ、ボードレール等々がそうしたように悪を歌いました。もちろん、私はいささか調子を誇張しましたが、それは、読者を打ちのめして善を薬として欲させるためにのみ絶望を歌う、あの崇高なる文学の方向に沿って新しいものを作るためでした。このようなわけで、結局歌われているのはつねに善なのであり、ただそれが昔の派より哲学的な、あれほど素朴でない方法によってのことなのですが、この派でまだ生きている代表的存在はヴィクトール・ユゴーと他に何人かだけです。(29)

ここで問題になっているのは、それがたとえ極限にまで推し進められたものであるにしても、「善」のことのみを考慮する単なる「善」への「情熱」ではなく、「悪」を、「絶望」を「読者を打ちのめして善を薬として欲させるために」歌うことに存する情熱であり、それが結局「善」を歌うことになるのである。「善を出させるために悪を研究することは善をそれ自身において研究することではない」。イジドール・デュカスは『ポエジーII』においてこのように書いている。(30)『ポエジーII』の次の言述は、デュカスの態度を的確に伝えている。「今までのところは、ひとは恐怖を、憐れみを吹き込むために、不幸を叙述した。私はそれらの反対物を吹き込むために幸福を叙述するだろう。[31]」このようなエクリチュールにおいて賭けられているのは、善でも悪でもなく、善や悪といった二項対立の二項を生じさせる差異であろう。

ロートレアモンの三通の手紙へのエリュアールによる序文に戻ろう。そこには次のようにあった。「善への情熱は、ある点まで推し進められると、ひとりの人間を生の到達不可能な頂上より高いところに、到達不可能なものそのもののうちに置く。」「到達不可能なものそのもの」とは、恐らく、それ自身は潜在的なものに留まりながら二つの対立する価値を生じさせる分割線のことを、そこにあっては希望と絶望とがもはや互いに排除し合わない「あの均衡とあの確実さ」のことを言うのであろう。ブルトンが書くように、「真実は、デュカスからは、もはや裏と表をもたない[32]」のである。

したがってここでは、一つの逆説的論理が、エリュアールの言う「可能な矛盾なしのあの驚くべき論理」が問題になっている。「詩のために一つの論理が存在している。それは哲学のそれと同じものではない」とデュカスは断言する。[33]他方でデュカスは、矛盾という観念を攻撃している。「いくつかの確実なことが反駁されている。いくつかの誤ったことが反駁されていない。矛盾は誤りのしるしである。非矛盾は確実さのしるしである。[34]」「善と悪はそれらの起源をいくつかの過ちの濫用に負っている。」『苦悩の首都』中の「新詩篇」

に収められた「人間の像《イマージュ》は、……」というシュルレアリスム的テクストに現われるロートレアモンのそれを模したアフォリスムで問題になっているのは、まさにこのデュカス的論理、善にも悪にも頓着せず、これら二つの価値を効果として、「いくつかの過ちの濫用」として生じさせる差異のみに関わろうとする「可能な矛盾なしのあの驚くべき論理」であることが明らかになったと思う。エリュアール的自動記述の実践のうちで作用し続けているのはこのような論理なのである。エリュアール的自動記述の実践にあっては、言語的諸要素、女性の顔、自動記述の自己イマージュが、生と死、現前と不在、昼と夜などのような二極を絶えず交替させながら相継起しているのであり、このような作用は、女性的なるものの最終的で決定的な現前において、あるいは何らかの記号内容《シニフィエ》において止むということがない。したがって、「人間の像《イマージュ》は、……」というテクストは、二つのタイプの自動記述について語っていることになる。一つは、名詞的諸要素の連鎖を通して機能する自動記述であり、もう一つは、諸々の驚異のちりばめられたブルトン流の小話である。そして、「人間の像《イマージュ》は、……」というテクストは、ブルトン的小話に批判的に言及しつつ、名詞的諸要素の連鎖によって機能する自動記述について肯定的に語っている。このテクストは、「比類ない夜以外の何ものも〔……〕しがみついてはいない」「人間の像《イマージュ》」の夢を共有する船乗りたちを「何らかの理性の見かけへと」、シュルレアリスムが退位させることに腐心した理性とは恐らくまったく別の理性の見かけへと「呼び起こす」ことによって、ブルトン的小話に代えて名詞的諸要素の連鎖による別の自動記述を持ってくるこの置き換えの操作について語っていると言ってよいであろう。最後に、「人間の像《イマージュ》は、……」がシュルレアリスム的テクストであることをもう一度想い起こそう。すると、このテクストがシュルレアリスム的テクストというジャンルについて語るシュルレアリスム的テクストであることがわかる。ここで自動記述は、他のシュルレアリスム的テクストにおけるが如く、それ自身を形成する差し向けの働きに立ち帰るのではもはやなく、シュルレアリスム的テクストというジャンル自体への間テクスト的差し向けに立ち帰ることを通して機能しているのである。

結論

『苦悩の首都』の「新詩篇」において、エリュアールの詩的経験はほとんど常に自動記述の回りを巡っていると言ってよいだろう。このことは、自動記述によって書かれたとされるシュルレアリスム的テクストについてのみならず、時に部分的にあるいは全体的に十二音綴詩句《アレクサンドラン》で書かれてすらいる他の大部分の詩についても当てはまる。実際、「新詩篇」の主要テーマをなす解放的要求、視線、欲望などの諸問題は、シュルレアリスム的テクストのみに関わるものではないにもかかわらず、自動記述の実践と不可分のものであり、自動記述の孕む二重性との関わりでしか定義付けられない。自動記述は、その原則においては、あるいはそれがそうであると主張するところにおいては、純粋な思考の表現であり、言語なしの詩であるが、他方で、記号表現《シニフィアン》から記号表現《シニフィアン》への、記号から記号への、あるいはテクストからテクストへの言語的な差し向けを現動化するという機能をもっている。解放的要求、視線、欲望などの諸テーマは、自動記述のこの二重性との関わりにおいて考えられねばならない。精神の全的な解放はとりわけ、ある種の隷属をもたらさざるを得ない自動記述の援用によって実現される。視覚は、エリュアールの詩の特権的領域である。自動記述はしたがって、言語以前の透明さを再現すると主張するにもかかわらず言語的不透明さへと運命付けられざるを得ない浄化する視線といった形のもとでしばしば形象化される。記号から記号への滑走の原動力である欲望は、激しく自身を肯定することによってかえって、しかじかの語あるいは女性の顔の純粋な現前によってもたらされる快楽によって廃棄されてしまう。語や女性の顔は、それによって、自動記述あるいは非人称化された主体の鏡像として同化されてしまう危険を犯すことになる。したがって、語や顔の連鎖は、欲望が欲望として存続するために、維持されねばならないし、他のタイプの言説、すなわち反省的言説の偶然的介入によってのみ止められるというふうでなくてはならない。ここに、二つの範列的系列を確認することができる。一つは、自動記述によって要求される精神的純粋さに関わるものであり、自由、純粋な可視性、女性的なるものの現前といった諸要素によって構成される。他方は、詩的言語の物質性に関わり、隷属、不透明さ、女性的なるものの不在といった諸要素に関わる。

これら二つの系列はしかし実際にはこのようにはっきりと対立し合うものではない。エリュアールの詩は、純粋さへの、そして自身にとって障害となり得るようなものすべての除去への疑い得ない傾向にもかかわらず、逆説的論理を、二つの反対物を交換を実現するこの戯れを作動させ続けている、あるいはそれまでにも増して作動させている。言語的戯れが、固有の意味での自動記述的実践においてのみならず、より広範なテクスト的あるいは間テクスト的実践において機能していることは恐らく偶然ではない。エリュアールの詩作品の連続性をここに確認することができるのだ。一九一八年以来、時に変形を被ることがあるにしても、常に対立物間の交換の戯れが問題となっていた。それはまず、決まり文句の書き換えの場合には、文字通りの意味と比喩的な意味との間の緊張的関係という形象のもとに現われ、エリュアール自身のものも含めて先行する言表の書き換えの場合にあっては、特異なものと一般的なもの、個人的なものと集団的なものとの間の逆説的関係、ダダ時代のエリュアール詩の産出を決定付ける逆説的関係といった形のもとに現われる。ダダ以降シュルレアリスム運動開始までの時期、一九二四年の詩集『死なぬことで死ぬ』に収められた詩の書かれた時期には、この対立する二項間の交換の戯れは、ロートレアモンの詩学への参照を通して、詩の一つの根本的論理へと変貌する。ロートレアモン的なこの論理こそが、女性との関わりや、もはや起源的なものとしてではなく対立する二項が闘争的関係に置かれるような場として機能する夢の本性を決定するのである。

　以上の確認は、エリュアール的な自動記述のもう一つの二重性を浮き彫りにする。一方で、それは、疑いもなくシュルレアリスム的なものである——詩人自身がシュルレアリスム的と形容したテクスト群は彼のシュルレアリスム運動への参加なくしては決して日の目を見ることがなかったであろう。しかし他方で、エリュアールの自動記述がそれ自身の産出を決定付ける原理として、対立する二項が交換されるような戯れの機能とこの戯れを無限に維持し続けることを目指す移動あるいは滑走を表象しようとする限りにおいて、それは決して途絶えることのないこの詩人の詩作品の一局面あるいは一帰結をなすに過ぎないのである。

*

『苦悩の首都』の刊行された一九二六年以降、エリュアールの詩がどのように変化して行くのかを最後に見て行きたい。

一九二六年以降のエリュアール詩の展開は、一言で言えば、エリュアールの詩がますます現前と統一性の詩へとなって行く、そしてやはり一九二六年に刊行された『人生の下部あるいは人間ピラミッド』がその前兆を示しているような矮小化の過程と定義付けることができよう。一九二六年までのエリュアールの詩的活動の本質を決定していた二元論的論理と逆説的論理の共存の果たしていた役割は根本的なものであった。したがって、エリュアールの詩が言語としての自身を否定し破壊することを断念することは――この断念は、『人生の下部あるいは人間ピラミッド』にあっては、シュルレアリスム的表現手段と無意識の探求の断念という形で現われていたのだが――、非対立的論理、すなわち逆説的論理へと接近する可能性を放棄することを意味する。ダダ時代から絶えずエリュアールの詩の本質的特徴であり続けた自身を否定する試みを放棄することに由来する、詩人自身によって欲せられた逆説の矮小化あるいは忘却こそが、エリュアール詩が自身を破壊するという危険を冒してまで到達せんと欲し続けた現前ではなく、実のところは現前と不在の闘争的関係に他ならない特異な現前でもなく、二項対立の一項を構成するに過ぎないような、また二元的構造の一効果に過ぎないような女性の現前を可能にしたのである。したがって、一九二六年までのエリュアールの詩的エクリチュールの生成と展開を可能にした二つの論理のしばしば連帯的な共存に代わって、他の一組の論理が現われるのである。逆説的論理と、自身を否定したり乗り越えたりしようとすることのない、そして女性の非闘争的現前――二元的構造の単なる一効果として考えられた現前――という形象のもとに表象される詩的エクリチュールを通して機能するあるまた別の二元論的論理とからなる一対の論理がそれだ。

世界の一統一原理と考えられた女性の単なる現前をもたらすものである逆説のこの矮小化と忘却への傾きにもかかわらず、エリュアールは一九二六年以降、彼の詩の原理として機能して来た逆説的戯れを完全に抑圧することには成功しない。『愛・詩』(一九二九年)、『直接的生』(一九三二年）などの詩集が刊行される一九二七年から一九三二年までのエリュアール詩の行程は反対に、苦しみに満ちた夜の道行きといった観を呈する。

実際、一九二七年から一九三二年にかけて書かれた詩群は、眠りのテーマ系と密接に関わるシュルレアリスム的イマージュの探求の深い痕跡を留めている。イマージュ群の探求が詩的エクリチュールのあるまた別の自己破壊様態を表現していることを強調したい。詩的エクリチュールは、ある項をある他の項に恣意的に接近させようとする。そのためには、これら両項の各々が、同一的なるものとして反復されることなく、純粋に唯一的であり特異なものでなければならない。ところで、そのような操作は、言語が各々の言語的要素を同一的なるものとして出現させる自身の機能を放棄した場合にのみ可能となる。かくして、言語は、それが反復的なものである限り、自身を否定し、「模倣の本能をもたない」「想像力」（II, p. 821）に自身を同一化することを強いられる。

シュルレアリスム的イマージュに満たされ、一九二九年から一九三二年にかけて発表されたこれらの詩群に批評的次元において対応するのは、想像力の至高性と詩の暴力的側面とを強調する「恣意的なるもの」の詩学だ。このような詩学は、バンジャマン・ペレ論「恣意的なるもの、矛盾、暴力、詩」（一九二九年）において、とりわけ、一九三二年に書かれた「詩的明証」（« Poetry's evidence »）の草稿において主張される。この時期に書かれたシュルレアリスム的詩群はまた、「ある真の大陸について」（一九二七年）や「野生の芸術」（一九二九年）などのテクストが証しているように、物神《フェティッシュ》に対するエリュアールの関心に結び付けられ得るであろう。したがって、エリュアールはここでもまた、現実的なものと想像的なものとの分裂という形で表現される詩的エクリチュールの自身との分裂、そして他者たちと了解し合うことの不可能性といった、そこから生じ得るすべての結果を引き受けつつ、ボードレールの一子孫であると自身を見做しているのである。

　恐らく一九三三年から、エリュアールの詩が自身を否定することを、自身を破壊することを断念し、この時期まで詩の産出の原理として機能して来た逆説的戯れを忘れるに至るという矮小化の過程がますますはっきりと際立って来る。この過程は、理性的なものと非理性的なもの、現実的なものと想像的なもの、意識的なものと無意識的なもの、外部と内部などのような対立的二項を和解させることを狙う操作によって実現される。

『公共的な薔薇』（一九三四年）で問題になっているのは、二項対立の溶解であり、これは同時に詩人が公衆に自身の声を聞かせることを可能にするものでもある。言い方を変えると、この詩集では、無意識から引き出された主観的諸要素からなる詩を客観的にし、それによって詩をすべての人たちにとって理解可能で接近可能なものとすることが目指されている。

『かんたんな』（一九三五年）と『豊饒な眼』（一九三六年）という二つの詩集は、生成途上にある女性を示す機能をもったある新たな記号の創出に関わるものだ。この記号は、記号の不透明さを免れている。なぜなら、この記号は女性の二重化（これは、『愛・詩』以来頻繁に現われるテーマだ）に結果するものではなく、女性的なるものの自己現前に結果するものであるからだ。ここで問題になっているのは、そこでは記号表現《シニフィアン》と記号内容《シニフィエ》、外観と存在との間の区別が完全に廃棄されているような、動き、変化し、それ自身が生成のうちにある一つの記号だ。また、この記号は、過去を反復することによって満足するものではなく、未知のもの、未来を指示することもできるものであり、それを共有することにより、すべての者たちが詩人の愛を共有することができるような記号だ。かくしてエリュアールは、彼の詩の展開のこの地点に至って、何年もの間、彼が苦しんで来た二項対立を解決することができたと言える。

「ボードレールの鏡」（一九三三年）から『見させる』（一九三九年）に至る批評的あるいは理論的次元でのエリュアールの歩みは、おおよそ彼の詩の展開に平行するものであると考えてよいであろう。ピカソ論「ぼくはよいものについて話している」（一九三五年）が対立物の和解を画するものであると考えられる。ピカソ論以降は、彼の思考をより明確なものとするための努力に関わるものであると見做してよいであろう。このピカソ論において、エリュアールは一方で、「未開人たち」の物神《フエティッシュ》が惹起する諸困難を再び取り上げ、その解決を「運動状態にある諸記号」（I, p. 942）と形容されたピカソの物神《フエティッシュ》のうちに見出そうとしている。他方で彼は、「恣意的なもの」についての彼の詩学を修正し、理性的方法と非理性的方法という諸事物を関係づける際の二つの方法を和解させることのできる詩的能力を称揚する。

一九三三年から一九三九年にかけて発表されたエリュアールの批評的テクストの提出するいくつかの論点を指摘しておこう。エリュアールによれば、知的思考と非理性的思考という二つの思考様式がある。知的思考は、大人や文明人に固有のもので、非理性的思考は、「詩人」、「狂人」、「子供」、「未開人」に属するものである。ここでは、もはや一九三二年におけるように、ある項を他のある項に恣意的に結び付けるという想像力の能力が問題になっているのではない。不都合は、「詩人」、「狂人」、「子供」、「未開人」などが自身を認識し、そのことによって「世界にある」こと(「人間は生きるために自身をしばしば訪れるのではない。彼が自身を知ることを欲するのは、持続するため、世界に値するものとなるためではなく、世界にあるためである」、I, p. 932)を妨げる同一化する能力の欠如に存する。詩の自己認識を実現するために、外的であるとされた世界を自身の鏡像としなくてはならない。これを言い換えれば、主観的で非理性的な能力を「感知可能」で「現実的な」ものとし(「〔……〕ぼくはすべてがぼくにとって感知可能であり、現実的であり、有益であることを欲する、〔……〕」、I, [p. 940])、それによってこの能力を客観的諸要素と同じ列に置かなくてはならない。エリュアールによれば、それがピカソのしたことなのである。

一九二七年から一九三九年までのエリュアールの歩みをこのように要約してみると、一九三五年がエリュアールの詩作品の大きな転回点であったことがわかる。彼の詩的実践が女性的なものの自己現前を決定的に実現し、この女性的なものを主体間のよりよい了解を可能にするある新しい記号とすることに成功したのは、一九三五年である。また、この年に、二項対立の乗り越えを画するピカソ論「ぼくはよいものについて話している」が発表された。このピカソ論が、二つの思考様式と、それらと緊密に結び付いた対立する二項（現実的なもの／想像的なもの、意識的なもの／無意識的なもの、外的なもの／内的なもの、など）の和解に何よりもまず関わるものであることは確かであるとしても、二つの思考様式と対立する二項のこのような和解は、詩的言語の自己現前を前提としていることを忘れてはならない。そして詩的言語の自己現前は、それが、自身に固有の移動あるいは差し向けの機能を「感知可能」で「現実的」なものとすることによって（「言語が具体化されることを！」、I, p. 937）、自身の鏡像となった一つの世界のうちに、「運動状態のうちにあり、生成のうちにある宇宙」（I, p. 943）のうちに自身を反映することによってのみ可能となる。対立物の和解はしたがって、詩の自己現前を実現しようとする試みとの関わりで考えられなくてはならない。エリュアールの詩が一九一八年以来、詩のうちに断絶を導入し、詩が二重化され自身から分離されるという事態を引き起こす一つの「裏地」に苦しんでいたことを強調する必要はもはやなかろう。エリュアールの詩はかくして、一九二〇年以降、自身の鏡像に挨揶するボードレールの形象あるいは「顔のないロートレアモン」の形象によって象徴化されることになる。一九二七年以降のシュルレアリスム的イマージュの産出は、このような断絶を悪化させるのみであった。詩的イマージュのうちに自身を認識するどころか、自身に立ち帰るどころか、エリュアールの詩は、幻覚による一種の「取り違え」によって（詩人がボードレールの次の文を引用していることを想起しよう。「顔に関する取り違えは、現実的な像《イマージュ》のそこから自身の誕生を引き出す幻覚による一時的消滅の結果である」、I, p. 955）、ある他の顔への差し向けを構成することしかできない。このように、詩的エクリチュールは、自身の鏡像とは別のイマージュ群への一連の差し向けを発動させるのみである。一九三〇年代前半のエリュアールの詩的・批評的活動が目指していたことは恐らく、詩がそうであるところの「未開人」を「ひとりの男あるいはひとりの女に初めて出会わせることとしか決してさせておかないようなあのとても特殊な盲目」から回復させるために詩人が一九三三年に夢見ていた「特別な眼鏡」の発明ということに要約されるだろう。

人が彼らに示す彼ら自身の写真を根気よく段階的に変形することによって、ある種の未開人たちから彼らがそれの表象しているものを知っているという結果を獲得するということは可能であろう。たぶんいつの日か、特別な眼鏡が、誤った認識の幻想と同様、記憶喪失であれ厭人癖であれ、ひとりの男あるいはひとりの女に初めて出会わせることしか決してさせておかないようなあのとても特殊な盲目をも治療するだろう。（「ボードレールの鏡」、I, p. 955）

註

序論

（1）Gabriel Bounoure, *Marelles sur le parvis : essai de critique poétique*, Paris, Plon, 1958, p. 266.
（2）*Ibid.*, p. 56.

I　言語なき詩

（1）Louis Aragon, « Communisme et révolution », *R.S.*, n° 2, le 15 janvier 1925, p. 32.
（2）André Breton, « La dernière grève », *Œuvres complètes* I, Gallimard, « Bibliothèque de la Pléiade », 1988, p. 893-894.
（3）« Déclaration du 27 janvier 1925 », *R.S.*, n° 2, *op. cit.*, p. 34.
（4）*Ibid.*, p. 35. このテクストがアルトーによって書かれたことは意義深い。実際、アルトーは、他のいかなるシュルレアリストよりも「精神」を擁護することに腐心していた。この熱意のもっとも顕著な例は、恐らく

「シュルレアリスム革命」誌第三号（一九二五年四月一五日）に掲載された「ダライ・ラマへの請願」であろう。「我々の精神を変えよ、**人間**の**精神**がもはや苦しむことのないようなあれらの完璧な頂上の方にすっかり向いた一つの精神を我々に作ってくれ。／／習慣をもたない一つの**精神**を、**精神**の中で真に凍えた一つの精神を、あるいはより純粋な習慣とともにある一つの**精神**を、もしあなたの習慣が自由のために良いものであるのならあなたの諸習慣とともにある一つの**精神**を我々に作ってくれ。／／〔……〕／／というのは、魂たちのどのような透明な解放を、**精神**のうちでの**精神**のどのような自由を我々が暗示しているのか、おお、受け入れ可能な法王よ、真の**精神**のうちにある法王よ、あなたはよく知っているからだ。」(*ibid.*, p. 37.)

（5）« La révolution d'abord et toujours! », *ibid.*, p. 54.

（6）一五枚の「シュルレアリスム的蝶たち《ビラ》」（一九二四年一二月）のうちの一枚。Repris dans *Tracts surréalistes et déclarations collectives*, E. Losfeld, 1982, p. 33.

（7）« La révolution et les intellectuels », *La révolution et les intellectuels*, Gallimard, 1975, p. 95.

（8）*Qu'est-ce que le surréalisme?*, *Œuvres complètes* II, Gallimard, « Bibliothèque de la Pléiade », 1992, p. 233.

（9）*Ibid.*, p. 231-232.

（10）*Second manifeste du surréalisme*, *Œuvres complètes* I, *op. cit.*, p. 804.

（11）*Manifeste du surréalisme*, *ibid.*, p. 327.

（12）*Ibid.*, p. 326.

（13）*Ibid.*, p. 328.

（14）精神の攻撃性は、アラゴンの「道徳的科学たち――あなたの自由です！」においては、次のような形で言及されている。「精神はすべてを一掃する。人間の住まうこの大きな平原の真ん中で、〔……〕天空の大きな風が猛威を振るわんことを、観念が野原の上に立ち上がり、すべてを転覆せんことを。もっとも大きな喪失によって獲得すべきすべてがあるのだ。精神は災厄と死によって生きている」(*R.S.*, n°2, p. 23)。

(15) 精神の自己回帰は、アルトーによって書かれた「一九二五年一月二七日の宣言」においても言及されている。「それ〔**シュルレアリスム**〕はそれ自身に回帰し、自身の足枷を絶望的にも噛み砕こうと決意している精神の一つの叫びだ」(*op. cit.*, p. 35)。『シュルレアリスム第二宣言』において、ブルトンは、ヘーゲルを引き合いに出しつつ、「自分自身のためにしか行動せず、自分自身の上に自己を反映する方向に全く傾きがちである意志の原理が思考自体のうちに残すであろう空虚」に言及している(*op. cit.*, p. 792)。エリュアールの『苦悩の首都』「新詩篇」に関しては、自身に回帰する精神の運動を素描する二つの形象を指摘できる。これらの例にあっては、精神のこの運動は、未来に向かうものではなく、起源の十全さと透明さのうちに展開されている。「軽い霧は一匹の猫のように自身を舐める／自分の夢を脱ぎ去る猫のように」(「もっとも若い」、I, p. 188)。「昔の力は、そう、昔の力は自分だけで自足していた」(「人間の像《イマージュ》は……」、I, p. 194)。

(16) 「予め考えられた主題なしに、素早く、記憶にとどめたりあなたの書いたものを再読したいという気にならないくらい素早く書きたまえ。」(*Manifeste du surréalisme*, *op. cit.*, p. 332.)

(17) *Ibid.*, p. 328.

(18) *Ibid.*, p. 338.

(19) *Ibid.*, p. 337.

(20) *Ibid.*, p. 341.

(21) *Ibid.*, p. 337.

(22) Breton, « Introduction au discours sur le peu de réalité », *Point du jour*, *Œuvres complètes* II, *op. cit.*, p. 276.

(23) Laurent Jenny, « Les aventures de l'automatisme », *Littérature*, n° 72, décembre 1988, p. 5.

(24) Repris dans *Tracts surréalistes et déclarations collectives*, *op. cit.*, p. 32.

（25） Maurice Blanchot, « Réflexions sur le surréalisme », *La Part du feu*, Gallimard, 1949, p. 94.

（26） *Op. cit.*, p. 5.

（27） « A propos du surréalisme », *C.A.P.* , n° 6, repris dans *L'Esprit contre la raison et autres écrits surréalistes*, Paris, Société nouvelle des Editions Pauvert, 1986, p. 31.

（28） 思考に関してのダダとシュルレアリスムの違いについては、『シュルレアリスム第二宣言』の次の謎めいた一節から学ぶところが大きい。「誰でも、自分を表現する際には、言うべきであると知っていたことと、同じ主題について、言うべきであると知ってはいなかったものの彼が言ったこととの間の非常に謎めいた和解の可能性でよしとしておく以上にうまくやることはない。もっとも厳密な思考ですら、厳密さの見地からは望ましくないこの助けなしですます状態にはない。観念の魚雷攻撃はそれを言表する文のただなかに疑いもなくある、たとえこの文が、その意味に対して取られたあらゆる魅力的な自由を免れたものであるにしても。ダダイスムはとりわけこの魚雷攻撃に注意を惹くことを欲したのだった。シュルレアリスムが、オートマティスムに訴えることによって、この魚雷攻撃から何らかの大型船を避難させることに腐心したことは知られている。すなわち、幽霊船のような何かを〔……〕」（*op. cit.*, p. 807）。「観念の魚雷攻撃」とは、ダダ的な詩的言表に内在的な純粋な出来事性を言うのではないだろうか。このような出来事性が、予め抱かれた「観念」を、「言うべきであると知っていたこと」を壊乱しにやって来るのである。そして、「シュルレアリスムが、オートマティスムに訴えることによって、この魚雷攻撃から〔……〕避難させることに腐心した」「幽霊船」とは、ある種の思考、無意識的な思考を意味するのではないだろうか。

II 隠喩的自己回帰としての自動記述

（1） *Op. cit.*, p. 806.

（2） « Jeux de l'automatisme », *Une Pelle au vent dans les sables du rêve : les écritures automatiques*, études réunies par Michel Murat et Marie-Paule Berranger, Presses universitaires de Lyon, 1992, p. 9.

（3） Voir E. Benveniste, « La philosophie analytique et le langage », *Problèmes de linguistique générale*, Gallimard, 1976, p. 273-274.

（4） Jacques Garelli, *Le recel et la dispersion : essai sur le champ de lecture poétique*, Gallimard, 1978, p. 47-48.

III　言語的要素の連鎖と差し向けの機能

（1） Breton, *Manifeste du surréalisme*, *op. cit.*, p. 340.

（2） Roland Barthes, « Eléments de semiologie », *L'Aventure sémiologique*, Seuil, « Points », 1985, p. 75.

（3） *Op. cit.*, p. 37

（4） Etienne-Alain Hubert, « Paul Eluard : la femme de pierre et les filles de chair : sur deux poèmes de "Capitale de la douleur" », *Champs des activités surréaristes*, n° 20, septembre 1984, p. 69.

（5） *Ibid*.

（6） « Quelques caricaturistes français », *Œuvres complètes* II, Gallimard, « Bibliothèque de la Pléiade », 1976, p. 559.

（7） André Breton, « Entrée des médiums », *Les pas perdus*, *Œuvres complètes* I, *op. cit.*, p. 274.

（8） « Enquête sur la poésie indispensable », *Cahiers G.L.M.*, n° 8, octobre 1938. Repris dans II, p. 851.

（9） ここで問題になっている諺はしかし、それがエリュアールの草稿に現われていないことを思うと、バンジャマン・ペレによって書かれたものであると考えた方が適当かもしれない。そうなると、エリュアールのテクストと他の詩人によるテクストとの間テクスト的関係に関わることになる。Voir la note de M. Dumas et L. Scheler, I, p. 1363.

(10)　Charles Cros, « Madrigal traduit de dessus un éventail de Lady Hamilton », *Le Coffret de santal*, Charles Cros, Tristan Corbière, *Œuvres complètes*, Gallimard, « Bibliothèque de la Pléiade », p. 156.

(11)　*Le Collier de griffes*, *ibid*., p. 197.

(12)　Guillaume Apollinaire, *Alcools*, Gallimard, « Poésie », 1976, p. 115.

(13)　Gérard de Nerval, *Les Chimères*, *Les filles du feu, Les Chimères*, Flammarion, « GF », 1985, p. 245.

(14)　Arthur Rimbaud, « Adieu », *Une Saison En Enfer*, *Œuvres*, Bordas, Classiques Garnier, p. 240.

(15)　Pierre Reverdy, « Clartés terrestres », *Les Ardoises du toit*, *Plupart du temps* I (1915-1922), Gallimard, « Poésie », 1981, p. 215.

(16)　« Patience », *ibid*., p. 229

(17)　「人間の像《イマージュ》は、……」が『福音書』のいくつかの挿話を踏まえて書かれたと仮定することも可能だ。例えば、次の一文は寺院から追い出された商人の挿話を踏まえているのではなかろうか。「地下の外で、人間の像《イマージュ》は五本の害悪をもたらす剣をふるう。それ〔人間の像《イマージュ》〕は既に物乞いと下劣さと売春の愛好家たちの黒い支配が避難する廃屋を穿った」(I, p. 194)。また、船の上で船乗りたちに囲まれて夢見る「人間の像《イマージュ》」と弟子たちに囲まれて眠るイエスとの類似を考えると、このテクストが『福音書』のイエスが嵐を鎮める挿話を踏まえていることも十分可能だろう。

(18)　この表現は、『マルドロールの歌』第三歌の第三節の最初に現われる。Voir Lautréamont, *Œuvres complètes*, José Corti, 1987, p. 231. 豊崎訳では、「人間の影」となっている(『ロートレアモン伯爵　イジドール・デュカス全集』、一四三頁)。

(19)　« La glace sans tain », *op. cit*., p. 56.

(20)　Robert Desnos, « L'Ode à Coco », *Corps et bien*, Gallimard, « Poésie », 1989, p. 25.

(21) « Introduction au discours sur le peu de réalité », *Œuvres complètes* II, *op. cit.*, p. 280.

(22) *Poisson soluble*, *Œuvres complètes* I, *op. cit.*, p. 354.

(23) *Les Champs magnétiques*, *ibid.*, [p. 93].

(24) « André Breton ou "face à l'infini" », *Littérature*, n.s., n° 13, juin 1924, p. 12.「秤」という語のブルトンによる使用がエリュアールのテクスト群におけるこの語の出現に影響を与え得たことは十分に考えられる。例えば、『地の光』の「赤い牧草地」という詩の「生の秤、災厄としてはきみと一緒に」という詩行（« L'herbage rouge », *Clair de terre*, *op. cit.*, p. 171）、そしてとりわけ、不幸と幸福の間に「厳密な等価」を打ち立てる「諸々の補償の恐ろしい心理的法則」に関わると思われる「世界の秤」（« Introduction au discours sur le peu de réalité », *op. cit.*, p. 271）という表現を指摘しておこう。

(25) *Ibid.*, p. 269.

(26) *Ibid.*, p. 270.

(27) *Ibid.*

(28) *Littérature*, n.s., n° 10, le 1er mai 1923, p. 1, repris dans II, p. 782.

(29) *Ibid.* 邦訳は、『ロートレアモン伯爵　イジドール・デュカス全集』、三五七頁。

(30) Lautréamont, *Œuvres complètes*, *op. cit.*, p. 387.

(31) *Ibid.*

(32) « Caractères de l'évolution moderne et ce qui en participe », *Les pas perdus*, *Œuvres complètes* I, *op. cit.*, p. 301.

(33) *Op. cit.*, p. 387.

(34) *Ibid.*, p. 386. しかし、エリュアールによる矛盾なしの論理への言及は、ロートレアモンによってのみ決定されているわけではない。この点については、ブルトンの次の指摘を想い起こすべきであろう。「ボードレールが矛盾したことを言う権利を要求してからもう長い時が経った」(« Note », *Littérature*, n° 3, mai 1919)。実際、ボードレールは、世界を一つの「矛盾の広大な体系」であると定義付けていた (« Choix de maximes consolantes sur l'amour », *Œuvres complètes* I, Gallimard, « Bibliothèque de la Pléiade », 1975, [p. 546].

略年譜

1895

一二月一四日、パリ北郊外のサン＝ドニ市にウージェーヌ＝エミール＝ポール・グランデル、生れる。エリュアールは母方の祖母の姓である。

1908

パリに移る。

1912-14

スイス、クラヴァデルのサナトリウムに滞在。ここで、詩人がガラと呼ぶことになるロシア人女性と知り合う。

1914

第一次世界大戦が始まり、招集される。

1916

チューリッヒで、トリスタン・ツァラが『アンチピリーヌ氏の最初の天上的冒険』を刊行。

1917
パリでガラと結婚。『義務と不安』刊行。十月革命。

1918
娘セシル誕生。『平和のための詩』刊行。この詩集がジャン・ポーランの興味を惹く。

1919
ポーランがエリュアールをアラゴン、ブルトン、スーポーらに紹介。「文学」誌創刊。ツァラも「文学」誌に加わる。ブルトンとスーポー、自動記述の実践に乗り出し、『磁場』の主要部分を書く。

1920
『動物たちとその人間たち、人間たちとその動物たち』刊行。ツァラ、パリに到着。ダダの開始。エリュアールの編集する雑誌「ことわざ」創刊。

1921
『人生の必要事と夢の諸結果』刊行。

1922
『繰り返し』刊行。マックス・エルンストとのコラボレーションによる『不死なる者たちの不幸』を刊行。ブルトンらのグループによって、催眠術による眠りの実験が頻繁に繰り返される。

1923
最後のダダの夕べ。

1924
当時エリュアールが自分の「最後の本」であると考えていた『死なぬことで死ぬ』を刊行。マルセイユで船に乗り、三月から十月まで世界周航の旅行。ブルトン『シュルレアリスム宣言』刊行。「シュルレアリスム革命」誌創刊。

1925

バンジャマン・ペレとの共著『現代の好みに合わせた一五二の諺』。『沈黙がないので』。アラゴン『パリの田舎者』刊行。

1926

エリュアール、共産党に入党。『苦悩の首都』、『人生の下部あるいは人間ピラミッド』を刊行する。

1928

『知ることを禁ずる』。ブルトン『ナジャ』刊行。

1929

『愛・詩』刊行。ブニュエル、ダリ、シャールがシュルレアリスム運動に加わる。

1930

二番目の妻となるニュッシュとの出会い。『工事中徐行』（エリュアール、ブルトン、シャール）。ブルトン『シュルレアリスム第二宣言』刊行。「革命に奉仕するシュルレアリスム」誌創刊。『処女懐胎』（ブルトン、エリュアール）刊行。ガラと離婚。

1932

シュルレアリスム・グループとアラゴンの決裂。ブルトン『通底器』刊行。『直接的生』。

1933

ヒトラー内閣成立。「ミノトール」誌創刊。

1934

ニュッシュと結婚。『公共の薔薇』刊行。

1935

ブルトンとエリュアール、チェコのシュルレアリスム・グループの招きでプラハに滞在。シュルレアリストたち、共産党と決裂。『かんたんな』刊行。

1936

ロンドンでのシュルレアリスム展。スペイン内戦開始。『豊饒な眼』刊行。エリュアール、再び共産党に接近。

1937

『詩的明証』刊行。ゲルニカ爆撃。ブルトン『狂気の愛』刊行。『自由な手』刊行。

1938

『自然な流れ』刊行。エリュアール、ブルトンと決裂。

1939

『完璧な歌』、『見させる』刊行。第二次世界大戦開始。

1940

パリ陥落。『開かれた書物』刊行。

1941

ナチス・ドイツのソ連侵攻。

1942

『開かれた書物Ⅱ』、『詩と真実一九四二年』刊行。

1943

共産党に再び入党。

1944

パリ解放。

1946

『途絶えざる詩』刊行。ニュッシュの死。

1947

『記憶すべき身体』刊行。

1950

チェコの作家ザヴィス・カランドラの死刑判決に抗してブルトンがエリュアールに介入を要請するが、エリュアールはそれを拒否。カランドラは処刑される。
スターリンを讃美する詩「ジョゼフ・スターリン」を含む詩集『賛辞』刊行。

1951

ドミニックと結婚。『不死鳥』刊行。

1952

心臓発作でエリュアール死す。

書誌

1　エリュアールのテクスト

著作

Œuvres complètes I, II, [Paris], Gallimard, 1968.

Poèmes de jeunesse : cinq lithographies de Jean Bazaine, Paris, Lucien Scheler ; Bernard Clavreuil, 1978.

Le Poète et son ombre, Paris, Seghers, 1979.

Donner à voir, Paris, Gallimard, 1986.

L'Anthologie des écrits sur l'art, Paris, Cercle d'art, 1987.

La Poésie du passé, Paris, Seghers, 1978, 2vols.

GILL, Brian, « Textes dadaïstes de Paul Eluard », *Studi francesi*, anno 31, n° 92, maggio-agosto 1987.

書簡

Lettres à Gala (1924-1948), [Paris], Gallimard, 1984.

Lettres de jeunesse : avec des poèmes inédits, Paris, Seghers, 1962.

Lettres à Joë Bousquet, Paris, Les Editeurs français réunis, 1973.

2　その他の文学的テクスト

著作

APOLLINAIRE, Guillaume, *Alcools*, suivi de *Le Bestiaire* et de *Vitam impendere amori*, [Paris], Gallimard, « Poésie », 1976.

BAUDELAIRE, Charles, *Œuvres complètes* I, [Paris], Gallimard, « Bibliothèque de la Pléiade », 1975.

BRETON, André, *Œuvres complètes* I, [Paris], Gallimard, « Bibliothèque de la Pléiade », 1988.

Id., *Œuvres complètes* II, [Paris], Gallimard, « Bibliothèque de la Pléiade », 1992.

『アンドレ・ブルトン集成』第三巻、人文書院、一九七〇年。

CREVEL, René, *Esprit contre la raison et autres écrits surréalistes*, Paris, Société nouvelle des Editions Pauvert, 1986.

CROS, Charles, Tristan CORBIERE, *Œuvres complètes*, [Paris], Gallimard, « Bibliothèque de la Pléiade », 1970.

DESNOS, Robert, *Corps et bien*, Paris, Gallimard, « Poésie », 1989.

LAUTREAMONT, *Œuvres complètes* : Les Chants de Maldoror, Poésies, Lettres, Paris, José Corti, « Littérature fantastique », 1987.

『ロートレアモン伯爵　イジドール・デュカス全集』、白水社、一九八九年。
NAVILLE, Pierre, *La révolution et les intellectuels*, [Paris], Gallimard, 1975.
NERVAL, Gérard de, *Les Chimères*, *Les filles du feu, Les Chimères*, Paris, Flammarion, « GF », 1985.
REVERDY, Pierre, *Plupart du temps* I (1915-1922), [Paris], Gallimard, « Poésie », 1981.
RIMBAUD, Arthur, *Œuvres*, Paris, Bordas, Classiques Garnier, 1991.
Tracts surréalistes et déclarations collectives : 1922-1969, Paris, E. Losfeld, 1982.

雑誌

Littérature, Paris, J.-M. Place, 1978, 2 vols.
La Révolution surréaliste, Paris, J.-M. Place, 1975.

3　エリュアールについての批評的テクスト

著作・雑誌論文

BLANCHOT, Maurice, *Faux pas*, [Paris], Gallimard, 1971.
BOREL, Jacques, « Un Eluard nocturne », *La Nouvelle revue française*, n° 175, juillet 1967 et n° 176, août 1967.
BOULESTREAU, Nicole, *La Poésie de Paul Eluard* : la rupture et le partage, 1913-1936, Paris, Klincksieck, 1985.
BOUNOURE, Gabriel, *Marelles sur le parvis* : essai de critique poétique, Paris, Plon, 1958.
CARROUGES, Michel, *Eluard et Claudel*, Paris, Seuil, 1945.
DEBREUILLE, Jean-Yves, *Eluard ou le pouvoir du mot* : propositions pour une lecture, Paris, A.G.Nizet, 1977.

DECAUNES, Luc, *Paul Eluard* : l'amour, la révolte, le rêve, [s.l.], Balland, 1982.

EMMANUEL, Pierre, *Le Monde est intérieur* : essais, Paris, Seuil, 1967.

GARELLI, Jacques, *Le recel et la dispersion* : essai sur le champ de lecture poétique, Paris, Gallimard, 1978.

GATEAU, Jean-Charles, *Paul Eluard et la peinture surréaliste (1910-1939)*, Genève, Droz S.A., 1982.

Id., *Eluard, Picasso et la peinture (1936-1952)*, Genève, Droz S.A., 1983.

Id., *Paul Eluard ou le frère voyant (1895-1952)*, Paris, R. Laffont, 1988.

Id., « Eluard et le "texte surréaliste" », *Une Pelle au vent dans les sables du rêve* : les écritures automatiques, Lyon, Presses universitaires de Lyon, 1992.

GILL, Brian, *Le Style surréaliste de Paul Eluard*, [s.l.], [s.n.], Thèse 3e cycle, Aix-en-provence, 1976.

GUEDJ, Colette, Les Rapports entre linguistique et pratique de l'écriture étudiés chez divers poètes et plus spécialement dans l'Œuvre de Paul Eluard, [s.l.], [s.n.], Thèse doctorat d'état, Provence 1982.

HUBERT, Etienne-Alain, « Paul Eluard : la femme de pierre et les filles de chair : sur deux poèmes de "Capitale de la douleur" », *Champs des activités surréalistes*, n° 20, septembre 1984.

JACOTTET, Philippe, *L'Entretien des muses* : chronique de poésie, Paris, Gallimard, 1968.

JEAN, Raymond, *Eluard*, [Paris], Seuil, Ecrivains de toujours, 1986.

MATIHEU, Jean-Claude, « Inscription et écriture : Leiris, Eluard, Char », *Littérature*, n° 79, octobre 1990.

MESCHONNIC, Henri, *Les Etats de la poétique*, Paris, Presses universitaires de France, 1985.

Id., *Pour la poétique III* : une parole écriture, [Paris], Gallimard, 1973.

ONIMUS, Jean, « Les Images de Paul Eluard », *Annales de la Faculté des lettres et sciences humaines d'Aix*, t. 37, 1963.

PICON, Gaëtan, *L'Usage de la lecture*, Paris, Mercure de France, 1960.

POULET, Georges, *Entre moi et moi* : essais critiques sur la conscience de soi, Paris, José Corti, 1977.
Id., *Etudes sur le temps humain III* : le point de départ, Paris, Plon, 1964.
RICHARD, Jean-Pierre, *Onze études sur la poésie moderne*, [Paris], Seuil, Points, 1964.

雑誌特集

« Autour d'Eluard », *Bulletin du bibilophile*, n° 2, juin 1984.
« Paul Eluard », *Cahiers du sud*, 39e année, t. 36, n° 315, 2e semestre 1952.
Cahiers Paul Eluard, n° 1 (1972)-n° 4 (1973), Nice, Centre de la civilisation française et européenne du XXe siècle.
Eluard 75, Nice, Centre de la civilisation française et européenne du XXe siècle, 1975.
« Paul Eluard », *Europe*, n° 91-92, juillet – août 1953.
« Paul Eluard », *Europe*, n° 403-404, novembre – décembre 1962.
« Rencontre avec Paul Eluard » : actes du colloque international, Nice, 19-21 mai 1972, *Europe*, n° 525, janvier 1973.
« Dossier Paul Eluard », *Magazine littéraire*, n° 77, juin 1973.
« Paul Eluard tel qu'en lui-même... », *Le Monde*, supplément au n° 7302, 6 juillet 1968.
Les Mots la vie. Publications du Groupe Eluard, n° 1 (1980)- , Nice, Faculté des lettres et sciences humaines de Nice, Paris, Ed. du Centre national de la recherche scientifique.

カタログ

Eluard, Paris, Les Editeurs français réunis, 1972.
Paul Eluard (1895-1952), Saint –Denis, Musée de Saint-Denis, 1968.

Paul Eluard : donation Lucien Scheler, Paris, Bibliothèque littéraire Jacques Doucet, 1989.
Paul Eluard et ses amis peintres, Paris, Centre Georges Pompidou, 1982.
Paul Eluard poète né à Saint-Denis (1895-1952), Saint-Denis, Musée de Saint-Denis, 1982.
QU'EST-CE QUE LA POESIE?, Paris, J.-M. Place ; Ville de Saint-Denis, 1995.
LABBAYE, Christian, *Catalogue de l'exposition Paul Eluard*, Montbéliard, Maison des arts et loisirs, 1972.

4　その他の批評的テクスト

BENVENISTE, Emile, *Problèmes de linguistique générale*, [Paris], Gallimard, 1976-1980, 2 vols.
CHENIEUX-GENDRON, Jacqueline, *Le Surréalisme*, Paris, Presses universitaires de France, 1984.
DEGUY, Michel, *La poésie n'est pas seule* : court traité de poétique, Paris, Seuil, 1987.
DERRIDA, Jacques, *La Dissémination*, Paris, Seuil, 1972.
Id., *Marges de la philosophie*, Paris, Ed. de Minuit, 1984.
JENNY, Laurent, « La stratégie de la forme », *Poétique*, n° 27, 1976.
Id., « Les aventures de l'automatisme », *Littérature*, n° 72, décembre, 1988.
MATIHIEU, Jean-Claude, *La poésie de René Char* ou le sel de la splendeur, Paris, José Corti, 1988, 2 vols.
RIFFATERRE, Michael, *La Production du texte*, Paris, Seuil, « Poétique », 1979.

あとがき

本書は、一九九六年のパリ第八大学博士論文『エリュアールの詩作品の生成、諺的言語からシュルレアリスム的エクリチュールへ（一九一八―一九二六）』（*La Genèse de l'œuvre poétique d'Eluard, du langage proverbial aux écritures surréalistes (1918 - 1926)*）のごく一部、シュルレアリスム運動初期のエリュアールによる自動記述についての一章を、部分的に手を加えつつ、邦訳したものである。手を加えたとは言っても、直訳にせず、日本語としてあまり不自然でない構文・表現に変えたり、他の章から一部を引っ張って来てそれを挿入したりという程度のことで、基本的な内容や主張は博士論文と全く変わらない。

瀧口修造をはじめ、大岡信、清岡卓行などエリュアールの影響をはっきり受けた詩人がいることから見ても、エリュアールという詩人の日本の近・現代詩への影響は無視できないものであろうが、それでは、今、ポール・エリュアールという名前を聞いたときに多くの人が思い浮かべるイメージはどのようなものであろうか。恐らく、わりとわかりやすい恋愛詩を書いたシュルレアリスム詩人、コミュニスト詩人といったイメージであろうか。もちろん、このようなイメージも決して誤ったものではないのだが、それでも、エリュアールについて何かを書きたいと思ったとき、私にそのように思わせたのは、このようなイメージにはおさまりきらない何かがエリュアールの詩にはあるのではないか、そしてそれは言語のあり方の根本、詩のあり方の根本に関わるものではないのか、というような、簡単には言語化できないような感触めいたものだったと思う。

例えば、エリュアールの影響をはっきりと受けた初期のエドモン・ジャベスのような詩人や、モーリス・ブランショ、ジャック・ラカン、ミシェル・フーコー、ジャック・デリダらの思想家がエリュアールの詩に惹かれていたという事実にも、容易に言語化を許さないようなエリュアール詩のこの魅力が作用していたのではないかと思うのだ。

もう二十年以上前に書かれた博士論文は、そして、エリュアールの自動記述に関する本書も、そのような何かを何とかして言語化したいという拙い試みであるように思う。

もうひとつ、かつてエリュアール論を書きながら、常に頭にあったのは、ちょうどシュルレアリスム運動初期までのエリュアール詩の大きな魅力と三〇年代半ば以降のエリュアール詩の私にとっての魅力のなさとの対照、落差であった。もちろん、多くの評者が言うように、エリュアールの詩には、初期から晩年まで、一種の単純さ、明澄さというようなはっきりとした一貫性がある。それにしても、ダダ時代のエリュアールの言葉にあるように、「言うべき何ものをももたずに話す」ことを実践していた初期の詩から比べると、後期の詩には、どうしても、言いたいことがあって、それを詩的なレトリックに乗せて書いているといった印象が拭えない。そして、スターリンを讃美した一九五〇年の詩なども、こうしたエリュアール詩の変貌の延長上にあるような気がしてならない。博士論文は、このへんの感じを何とか自分なりに言語化したいと思って書かれたものでもあった。

本書の対象がエリュアールの自動記述であることも前述のエリュアールのイメージに若干の変更を加えることに資するかもしれない。まず、エリュアールの散文詩ということが一般のエリュアールのイメージとはかなりかけ離れているであろう。しかも、これは自動記述で書かれたとされるもので、一読、ひとことで言って、わけのわからないテクストである。このようなテクストを真に受けて大真面目に読もうという試みはこれまであまりなかったように思うが、本書はまさにこれらの「わけのわからない」テクストを真に受け、大真面目に読み、テクスト細部の読みに沈潜し、そこから、シュルレアリスムの一般的諸問題や詩作についての哲学的問題へとつなげて行くという手法を採り、ひいてはエリュアールのイメージを少しでも変更することを目指している。詩的テクストへのこのようなアプローチに関心を覚える方にはぜひ読んで頂ければ、と思っている。

またエリュアール詩の一大特徴であるとした自身の産出を隠喩化し表象するために自身に立ち帰る隠喩的自己回帰とそこから結果する分裂、二重化の問題は、エリュアール詩を離れて、端的に詩を読み、詩を書くという経験に通じるものであると思う。

エリュアール、シュルレアリスム、あるいはフランス詩にのみならず、詩一般に興味のある方に本書を読んで頂ければ、これ以上の喜びはない。

最後にこの本を書くことを可能にして下さったすべての方々に心からの感謝を捧げたい。とりわけ、日本での指導教授、大濱甫先生をはじめ、当時の慶應仏文科の先生方、そして、パリ大学での指導教授ジャン＝クロード・マチウ先生の御指導がなければ、本書の母体となる博士論文が書かれることはなかった。また、水声社の廣瀬覚さんが博士論文を翻訳することを昨年の春に勧めて下さらなければ、二十年以上の間、筆者にも忘れ去られていた論文がこのような形で日本語で刊行されることはなかったであろう。そして、廣瀬さんの鋭い感性、シュルレアリスムについての博識、折に触れての的確かつタイムリーな励ましがなければ、本書が完成することがなかったこともまた確かだ。深く感謝したい。

二〇一八年三月

著者

著者について――

福田拓也（ふくだたくや）　一九六三年、東京都に生まれる。慶應義塾大学大学院博士課程中退、パリ第八大学大学院博士課程修了。パリ大学博士。詩人。専攻、フランス文学。現在、東洋大学法学部企業法学科教授。主な著書に、『「日本」の起源』（水声社、二〇一七年）、『倭人伝断片』（思潮社、二〇一七年）、『惑星のハウスダスト』（水声社、二〇一八年）などがある。

装幀——宗利淳一

エリュアールの自動記述

二〇一八年三月二〇日第一版第一刷印刷　二〇一八年三月三一日第一版第一刷発行

著者――福田拓也

発行者――鈴木宏

発行所――株式会社水声社
東京都文京区小石川二―七―五　郵便番号一一二―〇〇〇二
電話〇三―三八一八―六〇四〇　FAX〇三―三八一八―二四三七
［**編集部**］横浜市港北区新吉田東一―七七―一七　郵便番号二二三―〇〇五八
電話〇四五―七一七―五三五六　FAX〇四五―七一七―五三五七
郵便振替〇〇一八〇―四―六五四一〇〇
URL : http://www.suiseisha.net

印刷・製本――ディグ

ISBN978-4-8010-0335-4